# LAS
# MANOS TAN
# PEQUEÑAS

# LAS MANOS TAN PEQUEÑAS

## MARINA SANMARTÍN

Editado por HarperCollins Ibérica, S.A.
Núñez de Balboa, 56
28001 Madrid

Las manos tan pequeñas
© 2022 por Marina Sanmartín
Los derechos de la Obra han sido cedidos mediante acuerdo con International Editors' Co. Agencia Literaria.
© 2022, para esta edición HarperCollins Ibérica, S.A.

Diseño de cubierta: Lookatcia.com
Imagen de cubierta: Trevillion / Lookatcia

ISBN: 978-84-9139-750-2
Depósito legal: M-37045-2021

NVML

*Nadie, ni siquiera la lluvia, tiene las manos tan pequeñas.*

e. e. cummings

# HOTEL ANDAZ, ÚLTIMO DÍA

Me ayudaste y poco después de que se resolviera el crimen yo te confié mi sueño. Habías insistido en que nos encontráramos para despedirnos en uno de tus locales favoritos y accedí. Eras un buen hombre, te habías portado bien conmigo y entre nosotros se había establecido una extraña relación.

A pesar de que durante aquellos días habían germinado a nuestro alrededor demasiadas cosas terribles, nuestra amistad había crecido como una hierba salvaje en una aldea abandonada tras una catástrofe nuclear y había resistido todos los golpes; se había enfrentado al misterio de aquellas manos frágiles y blancas, que una mañana aparecieron mutiladas entre los edificios sin ninguna pista acerca de su identidad, y había sobrevivido. Por eso, aquella tarde en la solitaria taberna del Hotel Andaz, con Tokio a nuestros pies y el billete de avión para volver a Madrid en el bolsillo de mi gabardina, creí que sería buena idea contarte, Gonzalo, que había soñado contigo. Quería hacerte ver que nuestro vínculo, aunque reciente, había logrado afianzarse más allá del horror y esperaba con paciencia a que dispusiéramos de tiempo para dejar de ser dos desconocidos.

Cuando llegué, me hiciste una seña desde una mesa baja junto a la ventana. Te levantaste para recibirme, pero regresaste con rapidez a la comodidad del sofá de cuero rojo que habías ocupado de cara a las vistas. Me senté frente a ti y caí en la cuenta de que no me habías besado nunca.

Detrás de mí, podía contemplarse, apocalíptica, la ciudad gris bajo la lluvia, vigilada por un par de inmensas grúas, instaladas para construir nuevos rascacielos, pero aquella panorámica espectacular no parecía suscitarte interés alguno. Tus ojos miraban a los míos. Cruzaste las piernas y quisiste saber:

—¿Cómo era ese sueño?

—Era un sueño extraño.

—Todos lo son. Será mejor que te limites a explicármelo.

Y así lo hice.

Había soñado que volvía a tener doce años y nos íbamos de vacaciones. Mis padres siempre nos llevaban al mismo lugar, un pueblo de pescadores que aún no había sido invadido por el turismo y en el que mis tíos tenían unos apartamentos prácticamente a pie de playa. El que ocupábamos nosotros era una planta baja con un jardín pequeño que daba a una cala de piedras. No solíamos ir a esa cala. Estaba entre dos playas de arena más grandes y más cómodas para las familias como la nuestra, pero a mí me gustaba pasar ratos en ella, sobre todo al anochecer. Nunca había nadie y, aunque estaba tan cerca de casa que podía oír a mis hermanos y mis primos, y mis padres me tenían controlada desde la terraza, fue uno de los primeros sitios en los que me sentí sola para bien; uno de mis primeros recuerdos felices que, ya de adulta, convertí en inexpugnable y consciente refugio mental.

Te conté que había soñado con ese tiempo y esa cala, que me parecía solo mía. Se acercaba la hora del crepúsculo y, cuando llegué, tú estabas allí, ocupando mi espacio sagrado, y la niña que yo era te reconoció, aunque no te dijo nada.

Para mí era un sueño bonito. Que mis conexiones sinápticas te hubieran conducido hasta aquel rincón apartado de mi memoria y te hubieran dejado entrar me hacía sentir como un país rendido ante la amenaza de una colonización; un país que había elegido asimilar la presencia inevitable del enemigo.

No me interrumpiste. Terminé de un tirón mi brevísimo relato, mientras tú dabas sorbos cortos a tu pinta de cerveza, y entonces, solo cuando llegué al final, dijiste:

—El sueño no me sirve. Quiero la verdad.

—No sé a qué te refieres —me defendí presa de la confusión y alerta ante el incipiente y reconocible cosquilleo en mis articulaciones que siempre se despertaba cuando me sentía amenazada—. Tú eres el único al que se lo he contado todo.

—Los dos sabemos que eso no es cierto..., ni siquiera te has quitado la gabardina —señalaste inyectando a tu reproche una evidente dosis de amargura—. Te he enseñado mis lugares favoritos de Tokio mientras tú intentabas que me inclinara por una versión diferente a la oficial, pero eso no significa que sea la auténtica. ¿Te crees que no me doy cuenta de que para ti esto es un mero trámite? —Continuaste torciendo la sonrisa y sin mirarme, presa de tu timidez, pero decidido sin embargo a plantarme cara, garabateando con tu índice sobre la superficie helada del vaso—. Sé que me ves como un perdedor, como un personaje secundario, alguien no demasiado listo, a quien se puede utilizar..., apenas me concederías un par de páginas si apareciera en una de tus novelas; pero me subestimas si piensas que te dejaré marchar sin que me digas quién mató de verdad a la bailarina más famosa del mundo. Por increíble que parezca, Olivia, tengo la sensación de que solo lo sabes tú.

—La bailarina más famosa del mundo… —mencionarla en voz alta me hizo torcer la sonrisa a mí también.

Se abrió entonces un silencio tenso entre nosotros, que yo, sin dejar de acariciar el billete de avión en mi bolsillo, aproveché para asimilar hasta qué punto te había herido. Debía hallar en cuestión de segundos la mejor disculpa y encontrar la manera de sortear tu suspicacia sin lastimarme.

Finalmente dije:

—Los personajes secundarios no existen.

Y logré que levantaras la vista de tu bebida para sostenerme la mirada con renovado interés, como si acabáramos de conocernos. Tus ojos, oscuros y pequeños, resguardados al fondo de un rostro que acusaba el cansancio de una vida cargada con demasiadas experiencias, conservaban todavía el brillo de la curiosidad.

No estaba todo perdido.

—Él no la mató.

—«Yo» no la maté —insistí.

—Pero sabes quién lo hizo y aun así vas a dejar que él se pudra en la cárcel.

—Tú sabes mejor que nadie que he tratado de salvarlo, me he desvivido por hacerte ver el crimen desde una perspectiva muy distinta, y tú me has recordado una y otra vez una evidencia irrebatible: que él ha confesado.

—Sí, aunque tengo la sensación de que son otros pecados impunes, de los que sí es el responsable, los que le han llevado a atribuirse este.

Permanecí callada y tú volviste a la carga:

—En el libro de Tanizaki, ¿has llegado al relato de «El ladrón»?

—Fue César quien me regaló ese libro y sí, sí que he leído ese relato.

—En «El ladrón», quien escribe la historia es el culpable.

—Me estás hablando de una ficción.

—A menudo en la vida de una escritora la ficción y la realidad, Olivia, se confunden, son la misma cosa. Tú deberías saberlo mejor que nadie.

De nuevo un silencio y de nuevo las tres palabras con las que habías decidido presionarme:

—Cuéntame la verdad.

—Me temo que te decepcionaría.

—Eso debo decidirlo yo.

—Si lo hago, ¿me dejarás marchar?

—Si lo haces —dijiste devolviendo tu atención al vaso congelado y sin poder ocultar un matiz de triunfo en tu voz— te pediré un favor y muy probablemente deje que te vayas.

—¿Y por dónde quieres que empiece?

—¿Qué tal por el primer día? El día en que vosotros llegasteis a Tokio y yo llegué a tu vida a través de Instagram.

—El primer día narrado desde el último…

—Eso es.

Cerré los ojos unos segundos e inspiré con fuerza, como si me estuviera preparando para una inmersión a pulmón y sin garantías; una última prueba, la de convertir el asesinato de Noriko Aya en una semilla o, mejor, la de convertirlo en el sol; el centro de un sistema complejo e intrincado en el que cada uno de nosotros había desempeñado una función distinta.

La memoria es una máquina extraordinaria y actúa como una mesa de edición cinematográfica sobre la que, desordenados e inflamables, descansan a la espera de ser elegidos centenares de pequeños fragmentos de celuloide. ¿Cuál mostrarte primero? Podía ver a César en la puerta de embarque de nuestro vuelo a Narita, impaciente por despegar, después de regalarme los *Siete cuentos japoneses*; podía verte a ti, en la entrada de los jardines de Hamarikyu; y a Hideki Kagawa en el plasma encendido de madrugada en aquella habitación de hotel, suspendida sobre la soledad oscura y líquida de los jardines imperiales; podía ver a Noriko, antes y después de que acabaran con su vida y le cortaran las manos; y, a la vez, en todas aquellas imágenes me reflejaba yo, como la única capaz de ordenarlas de la forma correcta.

—¿Puedo beber algo?

—Por supuesto que sí.

Llamaste al camarero; yo me quité la gabardina y, mientras la doblaba a mi lado, con un cuidado inútil, me fijé en la seguridad que te había proporcionado salirte con la tuya: con tu traje impecable y la naturalidad con que tu cuerpo, todavía atractivo, habitaba el planeta, tenías la elegancia anacrónica de un espía. *Charada* me vino a la cabeza y lamenté fugazmente que la trama que nos había unido no fuera más amable, como la de una de esas clásicas películas americanas que siempre acaban bien, esas en las que termina surgiendo el amor entre los dos protagonistas; luego te miré suplicante en un intento desesperado de revertir la situación, pero tu expresión se había vuelto escéptica y, por encima de la banda de *jazz* en directo y los ruidos propios del bar, se impuso el malestar de un cortocircuito: la confianza se había roto.

—Adelante —dijiste.

Y volvimos a repasarlo todo desde el principio.

Solo transcurrió un día entre nuestro aterrizaje en el aeropuerto de Narita y el descubrimiento de las manos de la bailarina Noriko Aya.

Siempre he envidiado a las mujeres que tienen las manos bonitas, porque me muerdo las uñas y no puedo adornar las mías, pero yo no la maté.

Los periódicos citaron a e. e. cummings, al que le gustaba escribir sus iniciales en minúscula, para describir las manos de Noriko. Utilizaron los mismos versos con los que Woody Allen en *Hannah y sus hermanas* estimuló el romance entre Barbara Hershey y Michael Caine. Escribieron: «Nadie, ni siquiera la lluvia, tiene las manos tan pequeñas».

Dicen que Tokio es la ciudad más segura del mundo.

Me llamo Olivia Galván y esta es toda la verdad sobre lo que ocurrió.

# EL PRIMER DÍA

Era un sábado de otoño y, después de catorce horas de vuelo, dos orfidales y cuarenta minutos en un taxi que llevaba los asientos forrados de ganchillo y tenía aspecto de coche fúnebre, mi marido y yo llegamos a Tokio y nos registramos en el Hotel Grand Arc Hanzomon, cercano a los jardines que rodean el Palacio Imperial, en la región especial de Chiyoda. Era mediodía y desde la ventana del techo al suelo de nuestra minúscula habitación, en la novena planta del edificio, se recortaba a lo lejos el perfil monstruoso de la ciudad; una mancha gris de rascacielos en la que predominaban el hormigón y el cristal; y también algunas luces rojas e intermitentes, que me parecieron señales de auxilio. A nuestros pies, sin embargo, a uno y otro lado de una gran vía de doble dirección, se extendía plácida la zona verde que protegía la residencia del emperador, limitada por un foso convertido en apacible lago artificial; y el complejo que albergaba el Teatro Nacional, de diseño un poco aburrido.

Nuestro plan inicial era deshacer las maletas, darnos una ducha y salir a comer algo sin alejarnos mucho del Grand Arc, porque la amenaza del *jet lag* pesaba sobre nosotros. Sin embargo, mi marido recibió una llamada y algo cambió.

Para mí, era la primera vez en Tokio; para él, no. Se había convertido en un especialista de fama internacional, el doctor en literatura comparada César Andrade. César, que había sido invitado por la TUFS, la Universidad de Tokio de Estudios Extranjeros, a impartir un curso de posgrado, solía ausentarse de Madrid a menudo. Lo llamaban desde las instituciones más insospechadas y él acudía raudo y veloz, como si hablar de *El Quijote* en Kingston o Milwaukee fuera una cuestión de vida o muerte, que solo estuviera en sus manos resolver. Durante los primeros años de matrimonio, lo admiré; lo aborrecí en los últimos, aunque había en aquel rechazo final un deseo retorcido y amargo, incontenible, como el amor que se siente por un bebé que nace muerto.

Yo lo elegí.

Fui su alumna antes de ser su mujer y de alcanzar cierta popularidad como escritora de novela negra, gracias a mi personaje más emblemático, la inspectora de servicios sociales Lolita Richmond.

César era mucho mayor que yo y, aunque lo intentamos, no tuvimos hijos, pero hubo un tiempo en que me hizo feliz, la misma época en la que asistí embobada a sus clases y aprendí a aceptar que no habría nada a lo que pudiera negarme si era su voz la que me lo pedía. Tenía una voz grave y cada palabra que salía de su boca delataba su educación de clase alta y se quedaba unos segundos flotando en el aire, cargada de una extraordinaria autoridad eléctrica. Creo que le gusté porque solía llevarle la contraria y fingía que no lo tomaba en serio. En cierto sentido, lo engañé: lo tomé muy en serio desde el principio.

* * *

22

Fue César quien me regaló la edición inglesa de *Siete cuentos japoneses*, de Tanizaki, mientras esperábamos para embarcar en Barajas. Era un libro de tapas blandas y formato casi de bolsillo, de la colección Vintage, de Penguin, pero había algo bonito en su sencillez; la cubierta irradiaba la magia de un objeto encantado. En su parte inferior, por debajo del título y el nombre del autor, que estaban escritos en tonos oscuros, una mujer japonesa en primerísimo plano se rodeaba con los brazos las piernas flexionadas y dormía; una mujer que, ahora que lo pienso, se parecía un poco a Noriko Aya, porque poseía su misma delicadeza. Eché un vistazo rápido al índice y un relato llamó mi atención por encima de los demás, se llamaba «El ladrón».

Le agradecí a César el detalle con auténtica alegría y él, que siempre se mostraba condescendiente conmigo, combatió mi ilusión haciendo hincapié en la necesidad de que mejorara mi conocimiento del idioma.

—Te lo he comprado para que lo leas, no para que me des las gracias. Parece mentira que a estas alturas sigas defendiéndote tan mal en inglés.

—No te metas conmigo por eso —le dije mientras acariciaba la imagen de la japonesa dormida—. Es la vergüenza de hablarlo lo que me frena, pero puedo leerlo. Estos cuentos los leeré.

—«La vergüenza de hablarlo»…, no tienes ni idea —me espetó despectivo, frunciendo los labios en un gesto muy suyo de disgusto.

Es posible que la reacción más saludable ante sus comentarios hubiera sido el enfado, pero sin embargo era excitación lo que me provocaba aquel desprecio contenido, que no le importaba desplegar contra mí en un sitio público, donde cualquiera podía escuchar nuestra conversación. Una vez leí que algunas mujeres, ajenas a la influencia de milenios de dominio masculino, consideran su mayor libertad la posibilidad de escoger a su verdugo, de decidir quién debe suministrarles a lo largo de toda una vida pequeñas dosis de un maltrato sutil e inconsciente, que las relegue a un segundo plano y las condene a una moderada sumisión. Es una teoría interesante, pero no creo que se ajuste a mi caso. A César le enseñé yo; yo fui quien lo convenció de que me tenía rendida y podía ejercer su autoridad sobre mí.

Y él aceptó mi juego.

Juntos trazamos a nuestro alrededor una frontera circular inviolable y establecimos nuestras propias reglas, válidas para nuestras etapas más felices y también para nuestras etapas más amargas, como la que atravesábamos aquella mañana en el aeropuerto, delante de la puerta de embarque, el uno frente al otro, interpretando formalmente el papel que nos correspondía en aquel ritual destinado a abrir la herida que me haría sufrir. Para quien nos observara desde fuera, no éramos más que un cliché: una pareja acomodada, bien vestida, con maletas de cabina y ropa cara, y una considerable diferencia de edad. Ella (yo) se cuidaba lo suficiente como para no aparentar los cuarenta y dos años que tenía. Era una mujer alta, todavía esbelta, con una media melena perfecta, las facciones suaves y unos grandes ojos castaños que dulcificaban su expresión. César aún conservaba su encanto de Pigmalión, acentuado por las canas en la barba y unas gafas de montura enclenque con las que a menudo se quedaba dormido, porque no se las quitaba nunca. Eso sí, la marca de la vejez, aunque incipiente, ya insinuaba en él su presencia como una pátina y contribuía a reforzar su actitud de ogro.

—No deberías tratarme así.

—No te trato de ninguna manera, constato una realidad. En Tokio vas a pasar mucho tiempo sola y este libro es una buena opción para entretenerte, desde luego mucho mejor que toda esa basura que te tragas en la televisión. Cuando lo leas, lo comentaremos —concluyó con tono aleccionador.

—Toda esa basura, como la llamas tú, me sirve para escribir mis novelas.

—El libro también te servirá, créeme. Sin duda, como fuente de inspiración, me parece infinitamente mejor que esas series fabricadas en cadena de las que siempre intentas sacar más de lo que hay.

—Disculpen que les interrumpa —intervino el pasajero que esperaba detrás de nosotros en la cola para entrar en el avión, un hombre en la treintena, vestido con ropa deportiva, de aspecto afable y barba pelirroja, al que, por su actitud de europeo culto y desenfadado, César debió apresurarse a prejuzgar como un ser prescindible—, pero no puedo resistirme. ¿Verdad que es usted Olivia Galván? Me ha parecido… ¿Se haría una foto conmigo? Soy muy fan de Lolita. Sus ideales son los míos. El mundo sería un lugar mejor si todos fuéramos como ella.

Aquella situación, que se repetía cada vez con más frecuencia, a César lo sacaba de quicio, porque consideraba incomprensible mi éxito como escritora de un género, el de la ficción criminal, que para colmo aborrecía.

Tenía celos.

—Será un placer —accedí derrochando amabilidad—. César, ¿nos la haces tú? Dele el móvil a mi marido, él se encargará.

No leí a Tanizaki durante el vuelo, pero hojeé los relatos en la habitación del hotel. Al deshacer el equipaje y liberar mi bolso de peso, los *Siete cuentos japoneses* acabaron sobre el inmaculado edredón de la cama *king size* y se me ocurrió subir a mi seguidísimo perfil de Instragram una foto del libro, haciendo alusión a mi reciente aterrizaje en Japón, antes de adentrarme no sin cierto esfuerzo en la lectura de «El ladrón» mientras César se duchaba.

Escrito en primera persona, el cuento describía una misteriosa cadena de robos en una residencia de estudiantes y cómo las sospechas sobre la identidad del culpable recaían en el joven narrador, el más humilde de los alumnos, que debía enfrentarse a la desconfianza de sus compañeros. Pero esto no lo supe en aquel momento, porque el tiempo que mi marido pasó en el baño no me permitió avanzar más allá de las primeras páginas. Era rápido aseándose y no tardó en aparecer ante mí oliendo a limpio y con su móvil en la mano.

—No podré ir a comer contigo. Me reclaman en la universidad.

—¿Tan pronto?

—¿Dónde está mi cartera?

—Creo que la has dejado colgada en las perchas de la entrada.

Parecía nervioso. Lo seguí con la mirada y vi cómo abría el bolsillo delantero de su cartera de cuero, la misma que utilizaba veinte años atrás, cuando nos habíamos conocido. Buscaba algo que no encontró. La decepción se reflejó rápidamente en su rostro y, tras ella, llegaron unos segundos de reflexión.

—¿Y mi maleta?

—Ya está deshecha, la he guardado en el armario.

Abrió el armario empotrado y vi cómo se agachaba para ponerse a la altura de la maleta. Todavía era un hombre ágil y ningún movimiento le resultaba doloroso. Escuché el ruido de las cremalleras y luego un silencio producto ya no tanto de la decepción como del desconcierto. No se levantó de inmediato. Miró la pantalla de su teléfono y dijo dubitativo:

—Se me está haciendo tarde.

—Siento que tengas que irte.

A este discreto lamento tampoco me respondió, se hallaba absorto en una misteriosa y repentina contrariedad.

—César…

—¿Qué?

—Pon una excusa y quédate conmigo. Seguro que lo comprenderán.

Pero mi petición, lejos de halagarlo, aceleró su partida. Descolgó la cartera del perchero para cruzársela en bandolera, se guardó el móvil en el bolsillo de su pantalón de pinzas y, ya con la puerta de la habitación abierta, antes de salir, me dijo:

—No tendrías que haber venido.


Entonces apareciste tú, apenas unos minutos después de que César se fuera dejando tras de sí algo muy parecido a un portazo y mi ánimo se desplomase con la rotundidad de quien, sin más escapatoria, salta por una ventana para huir del fuego.

Es extraño cómo nos empeñamos en encontrar un orden en la acción aleatoria del destino; cómo organizamos nuestros recuerdos con la intención inconsciente de relatarnos a nosotros mismos y otorgarle al caos de la experiencia vivida la categoría de una novela o un guion. Huimos del azar porque es la prueba más flagrante de que nos movemos por el mundo sin más premeditación que los insectos y, sin embargo, tú fuiste una excepción. Como novelista, no se me hubiera ocurrido mejor momento para que salieras a escena que el inmediatamente posterior al de la marcha de mi marido. Nunca te lo había dicho hasta ahora, pero es importante que sepas hasta qué punto influyó en el afecto que desarrollé por ti aquel instante en el que manifestaste tu presencia por primera vez.

Ninguna imaginación puede competir con el diseño de la casualidad, por eso repetimos constantemente que la realidad supera la ficción.

Me enviaste un mensaje privado por Instagram a propósito de la imagen que acababa de subir:

> Disfrutará mucho de los relatos de Tanizaki, son magistrales y un poco escatológicos. Soy Gonzalo Marcos, consejero cultural de la Embajada, y vivo aquí, en Tokio. Admiro mucho su literatura, para mí sería un placer si aceptara tomar una copa o un té. Podríamos charlar. En cualquier caso, cuente conmigo si puedo servirle de ayuda a lo largo de su estancia en Japón.

En la red, tú me seguías a mí, pero yo a ti no, así que entré en tu cuenta, que era privada, y me dediqué unos segundos a analizar tu foto de perfil, la única visible. No era muy buena. Estaba hecha a contraluz y el primer plano apenas permitía intuir que se había tomado en la entrada de un templo imposible de identificar.

Llevabas un sombrero de verano, estilo fedora, ligeramente inclinado hacia delante, lo que hacía muy difícil emitir un veredicto sobre la fiabilidad de tu expresión.

Esa fue la primera vez que te vi.

Mi dedo índice, como la mirada inquisitiva del visitante de un acuario sobre un pez de colores brillantes, se deslizó por tu rostro en miniatura, atrapado en la pantalla del iPhone: «¿Y tú quién eres?». Recuerdo que formulé la pregunta en voz alta: «¿De dónde has salido tú?».

Tumbada en la cama, todavía con la ropa de viaje, confirmé que, entre los escasos pero selectos seguidores que compartíamos, muchos pertenecían a mi mundo. Había escritores mucho más populares que yo, alguna agente literaria, fotógrafos y varios periodistas de la vieja escuela, ya consagrados. Tu descripción de perfil era escueta: «Entre Japón y Madrid». De forma mecánica, cliqué para que me permitieras acceder a tus fotografías. Respiré hondo y, con el teléfono apoyado en el pecho, cerré los ojos y en el silencio de aquella habitación aséptica, decorada en tonos beis y crema, en la que César me había abandonado, escuché cómo me palpitaba el corazón; un quejido rebelde, azuzado por la insoportable conciencia del rechazo; el dolor vivo de un animal que se descubre encerrado en una jaula.

Entonces, tú aún no me importabas nada.

Fuera, el cielo, mimetizándose con los edificios, se había

vuelto gris y sobre los jardines y más allá se había desplegado un ejército de nubes negras.

Me incorporé y me acerqué a la pared de cristal.

No tenía vértigo.

Creo que nunca me había sentido más sola que durante aquellos minutos en que me dediqué a contemplar Tokio bajo la amenaza de la lluvia y en los que desfilaron por mi mente las mil y una excusas con las que César había intentado disuadirme de que lo acompañara en el viaje. ¿Desde cuándo me había convertido para él en un peso muerto? Y ¿por qué lo necesitaba yo tanto?

¿Quién era yo sin él?

Desvié la mirada del paisaje a la pantalla del móvil y te respondí:

> Encantada de tomar algo y ponernos cara. ¿Qué tal mañana, antes del almuerzo? Es posible que me acompañe mi marido. Nos hospedamos en el Grand Arc Hanzomon.

Estabas en línea y tu reacción fue inmediata:

> Fantástico. Le pediré a mi secretaria que reserve mesa para tres en el salón de té que hay en el Spiral Building. Creo que es un buen lugar, no tiene pérdida. Nos vemos a las 11:00 en el *hall* del edificio.

Un segundo después, aceptaste mi solicitud de seguimiento. Y así fue como empezó todo.

# EL SEGUNDO DÍA

A la mañana siguiente pronto nos dimos cuenta de que algo ocurría.

Habíamos pasado una mala noche por culpa del regusto amargo de nuestra discusión y el cambio de huso horario. Cenamos temprano, en cuanto César volvió de la universidad, *ramen* y cerveza en una *izakaya*; así es como él llamó a la diminuta taberna carente de encanto, cercana al hotel, donde un alcoholizado y ruidoso grupo de *salaryman* —ese es el nombre que reciben los integrantes del ejército de oficinistas adictos al trabajo y cortado por el mismo patrón que inundan las urbes japonesas— ahogó cualquier intento de conversación entre nosotros y justificó que permaneciéramos callados, sin enfrentar nuestro malestar, aunque en algún momento le hablé a César de ti y de nuestra cita en el Spiral, y le propuse que viniera conmigo.

Nos acostamos pronto.

Un silencio denso, como el obstáculo que hace caer al caballo en la carrera, acompañó cada una de nuestras rutinas previas al sueño.

Y todo era triste. No fue así, pero parecía que hubiésemos llegado en domingo y la ciudad llevara largo tiempo sumida en una especie de letargo febril. Aquel vecindario, no demasiado turístico, era un no lugar. A la luz mortecina y más bien escasa, amarillenta, de la iluminación nocturna, durante nuestra breve salida, en la que apenas nos cruzamos con nadie, aprecié en las casas y las tiendas, diseñadas con una sobriedad que bien podría confundirse con la pobreza, la fragilidad de las construcciones de juguete. También me detuve en una esquina, donde el dueño de una floristería ya cerrada había dejado gran parte de su género, cestos con flores y grandes macetas, expuesto en la acera.

—Ha olvidado guardarlo.

—No, no lo ha hecho —me corrigió César—. Sabe que nadie lo robará. Dicen que Tokio es la ciudad más segura del mundo.

Me explicó esto y regresamos a nuestra habitación en silencio.

Luego me había despertado de madrugada y, desde la cama, había observado a César dándome la espalda, de pie frente a la ventana, consultando su móvil pensativo, exactamente en el mismo sitio que había ocupado yo unas horas antes. Su silueta se recortaba contra el fondo urbano, bañada por el caudal de luz que emitía la ciudad de noche. No lo hice, pero me hubiera gustado acercarme a él e interesarme por su evidente preocupación, aquella que se había iniciado la tarde anterior, con la vana y misteriosa búsqueda que llevó a cabo antes de salir.

Abordarle hubiera sido más fácil en otro tiempo, pero no en este.

Así que volví a dormirme.

Y, a la mañana siguiente, pronto nos dimos cuenta de que algo ocurría.

El comedor del Grand Arc, al que se accedía directamente desde el vestíbulo del hotel, tenía forma de media luna, y era amplio y luminoso, con vistas a un agradable jardín interior al que también había alcanzado la fina llovizna que, desde el amanecer, infectaba el ambiente. Los manteles de las mesas eran amarillos y, junto a los menús plastificados, en unos delicados jarrones de porcelana, había ramilletes de flores silvestres, blancas y lilas. Pero antes de entrar a tomar el desayuno, cuando se abrieron las puertas del ascensor y salimos a la planta baja, la agitación que rodeaba el mostrador de recepción no nos pasó desapercibida. El revuelo inusual entre los empleados, entrenados en una férrea disciplina de amabilidad y discreción, apenas se traducía en una leve vibración difícilmente definible, pero se intuía de la misma manera en que altera el equilibrio de una melodía la confusión de una sola nota; era tan sutil como las ondas concéntricas que genera un canto rodado al ser lanzado a la superficie plana del agua, casi invisible, pero allí estaba y había sido provocado por la llegada de la policía.

Nadie quiso decirnos qué sucedía, a pesar de que la agitación iba en aumento y el personal que atendía el restaurante desviaba a menudo su mirada hacia el vestíbulo. Lejos de entregarse en cuerpo y alma, como tenían por costumbre, a la tarea de ofrecer un impecable servicio, los camareros parecían conducirse con una especie de piloto automático y un evidente desinterés, que rápidamente irritó a César.

—¿Qué diablos ocurre aquí? —le espetó en español y a voz en grito a un anciano sirviente, cuando este, cometiendo el enésimo descuido, nos trajo el yogur del «Desayuno Occidental» salpicado de frutas y no limpio, como lo habíamos pedido.

El anciano se asustó —aún no había conocido a nadie a quien la ira de César, que solía instalarse en su voz ronca y pesada, de hombre habituado a la desidia de los demás, no generara pánico— y, retirando el yogur sin dejar de murmurar algo incomprensible, se inclinó ante mi marido en una arriesgada reverencia a modo de disculpa, pero no nos desveló la incógnita, porque no había entendido nada.

—Será una tontería —me atreví a sugerir.

—No lo será. Estoy seguro de que se trata de algo grave.

Él tenía razón. Con su tono didáctico, propio de quien ha de sufrir sin desearlo la compañía de un niño y se ve obligado a iniciar casi la totalidad de sus frases con un «no» de desacuerdo o prohibición, mi marido me explicó que en Japón, aquella mínima alteración del orden establecido, ahogada por un hilo musical anodino y la presión de la mañana gris al otro lado de las cristaleras deslizándose entre las mesas como un veneno, tenía el mismo valor que un gran escándalo en Madrid.

Era la cuarta vez aquel año que, reclamado por la universidad, César visitaba Tokio, una por trimestre, y siempre se había hospedado en el Grand Arc. Lo consideraba un reducto alejado de la cada vez más numerosa horda de turistas, incentivada por la proliferación de los vuelos baratos y directos, ya que principalmente albergaba a ejecutivos nacionales y nada ruidosos, y profesionales extranjeros con pocas ganas de fiesta.

Y es que César odiaba el ruido, que actuaba sobre él como

una especie de criptonita, neutralizándolo y volviéndolo esquivo.

—Si de verdad es algo serio, puede que el consejero de la Embajada sepa de qué se trata.

César no contestó. Su mirada continuaba fija en el mostrador de recepción, donde el grupo de curiosos iba en aumento, así que proseguí mi ataque:

—¿Por qué no me acompañas? Le gustará conocerte y, seguramente, nos sacará de dudas.

Tardó unos segundos en reaccionar pero, cuando lo hizo, un desvalimiento impropio de él se filtró entre sus palabras de consentimiento.

—Está bien. Iré contigo.


Te expliqué que una buena novela, para serlo, necesita dos tiempos, porque siempre se ocultan en el pasado las razones esenciales de nuestra conducta, así que no privaré a mi historia de esta condición. Me has pedido que te cuente toda la verdad y, al reconstruirme para ti, he comprendido que empecé a mentir hace ya mucho, mucho antes de que nos encontráramos aquella mañana en el Spiral y yo me preguntara, mientras nos explicabas con una minuciosidad analítica la ceremonia del té, qué estarías pensando de nosotros.

Porque hay dos mujeres dentro de mí: la que se muestra y la que se oculta, un yo que detesto pero del que no puedo prescindir; una alimaña contenida con una cadena por la mano de César, el único que sabe mantenerme con vida.

En 1985, el arquitecto Fumihiko Maki dio por terminado

el Spiral Building en Aoyama, muy cerca de Omotesando, una de las áreas más sofisticadas de Tokio, salpicada de tiendas caras y museos de los que no aparecen en las guías. En 1993, Maki logró el premio Pritzker. Esto fue lo primero que nos dijiste, en el vestíbulo del edificio, inmediatamente después de estrecharnos la mano a mí y a mi marido, que fue incapaz de respetar las normas fundamentales de cortesía y, sin ningún preámbulo, te hizo partícipe de su preocupación.

—Cerca de nuestro hotel debe de haber ocurrido algo. Tal vez usted pueda decirnos qué es. Mi japonés no es lo suficientemente bueno para comunicarme con los empleados más allá de las cuatro instrucciones de rutina, relacionadas con la limpieza y el servicio de habitaciones, pero por la actitud del personal hace unas horas, durante el desayuno, es evidente que ha pasado algo terrible.

Su impaciencia me avergonzó un poco, pero a ti no pareció molestarte en absoluto.

—Así es. Os lo cuento arriba —confirmaste imponiendo el tuteo—. Tokio se vive en vertical. Las vistas merecen la pena y el té también.

Esperamos en silencio al ascensor, con las miradas de los tres refugiadas en el suelo impecable de aquel espacio diáfano y civilizado en extremo, construido con la intención de no ponerle a la luz ningún obstáculo, y yo aproveché para observarte a hurtadillas. De entrada, me habías parecido un hombre gris, pero tras esta percepción inicial constaté que esgrimías un particular atractivo. La tarde anterior, durante mis horas de soledad en la habitación del hotel, me había entretenido cotilleando tu Instagram y, aunque no tenías publicadas demasiadas fotos,

36

había imaginado cómo serías. Tenías un hijo pequeño, de no más de seis o siete años, y en casi todas las imágenes aparecías con él, pero de la madre no hallé ningún rastro. Quizás se había ido o tal vez estaba muerta. A partir de cierta edad, todos arrastramos con nosotros algún misterio.

No eras un hombre guapo, pero sí más alto de lo que pensaba. Rondabas los cincuenta y tus ojos, oscuros, eran muy pequeños. Nada en tu estudiado aseo, que cristalizaba en un traje de firma —nos dijiste que venías de una imprevista reunión—, ni en tu afilada expresión, conformada por rasgos anodinos, era extraordinario, a excepción de un sesgo peculiar e indefinible en tu mirada inquisitiva y, al mismo tiempo, transmisora de una tristeza líquida que —intuí— debía desbordarse de vez en cuando; una idea que me gustó. Siempre me he sentido atraída por el sufrimiento de los demás, acceder a él es como asistir a una interpretación teatral desde la parte trasera del escenario. Solo algunos privilegiados pueden hacerlo.

El salón de té estaba en la quinta planta, junto a una tienda de productos *gourmet* y, a pesar de su ambiente bullicioso y su estilo occidental, desprendía un aire de refugio secreto que me hizo sentir a salvo. Tu secretaria había reservado una mesa junto a los paneles de cristal que daban a una diminuta terraza ocupada por un jardín zen, donde el día, que poseía un matiz de expectativa más propio de la primavera que del otoño, languidecía ajeno al tumultuoso devenir de la gran ciudad.

El mobiliario era de madera, había una vitrina con una

amplia colección de *chawan*, los tradicionales cuencos para el té, cuyos precios podían dispararse dependiendo de su diseño y antigüedad, emulando la azarosa cotización de las obras de arte; y las conversaciones a nuestro alrededor, ininteligibles, se unían para arroparnos en un murmullo acogedor.

César y yo nos sentamos juntos, de cara a las vistas, y tú, frente a nosotros, como un médico sabedor por experiencia de que no sirve de nada demorar las malas noticias.

—Os quiero contar las peculiaridades de la ceremonia del té, pero antes intuyo que hay otras cosas que os interesan más...

—Por favor —confirmó César con un tono que, inexplicablemente, rayaba en la agonía.

Durante unos segundos, quién sabe si tan sorprendido como yo ante la ansiedad de mi marido, nos miraste en silencio. Luego me sonreíste y empezaste a hablar.

—Han encontrado unas manos cerca de vuestro hotel. Por su tamaño, podrían ser las manos de un niño, pero está bastante claro que pertenecen a una mujer. No sé si os habéis fijado en los espacios que hay aquí entre los edificios. Son muy estrechos, apenas unos centímetros.

—Una medida antisísmica —confirmó César dirigiéndose a mí, que no me había percatado de su existencia y tomé nota mental de fijarme en ellos en cuanto volviésemos a la calle.

—Exacto —continuaste— y, según en qué barrios, también una pequeña pocilga donde se acumula la basura. A primera hora de la mañana de hoy, en Chiyoda, la zona donde está vuestro hotel, a un vecino que iba al trabajo le ha parecido ver a su gato perdido adentrándose en uno de estos huecos y lo ha seguido. Lo ha llamado por su nombre varias veces,

Haruto, que significa algo así como «sol elevado», pero el gato se ha resistido a salir.

—Eso es que a lo mejor no era Haruto —me atreví a sugerir.

—A lo mejor no —concediste e intuí que, aunque hacías un esfuerzo por contenerte, te habían entrado ganas de reír—. Lo fuera o no, nunca lo sabremos, porque al final se ha escapado, pero en sus intentos por atraerlo hacia él, el vecino le ha arrebatado la bolsa de papel con la que estaba jugando. Estaba llena de manchas, como si fueran de aceite pero más oscuras, porque eran de sangre. Eso es lo que ha declarado después, cuando ha llamado a la policía al encontrar dentro de la bolsa unas manos humanas, con un anillo.

Nos quedamos mudos.

—¿Verdad que parece una de tus historias? —me preguntaste sonriendo, con un regocijo casi infantil, y yo asentí—. Tenía muchas ganas de conocerte, me gustan mucho tus novelas, casi siempre me llevo un título tuyo en los vuelos que hago de ida y vuelta a Madrid. Las devoro en un santiamén.

—Pues te lo agradezco, nunca deja de sorprenderme que alguien me lea.

—A saber qué haría Lolita Richmond si le tocara investigar este caso...

—A saber... —repetí encogiéndome de hombros y siguiéndote la corriente con el entusiasmo justo, como lo habría hecho con cualquier fan anónimo.

—Ya lo imaginaba por tus fotos, pero por fin lo confirmo: no te pareces nada a ella.

Este comentario me interesó más:

—¿Pensabas que sí?

Ahora el que se encogió de hombros fuiste tú:

—Pensaba que, como el noventa y nueve coma nueve por ciento de los escritores de tu generación, escribías sobre ti misma, pero claramente estaba equivocado —sentenciaste subrayando con un movimiento de cabeza apenas perceptible la presencia de César—. Lolita Richmond no se casaría nunca. Además tú eres mucho más atractiva.

No me dio tiempo a plantearme si estabas coqueteando conmigo o simplemente siendo educado. Ejercías con destreza el comportamiento diplomático y, con la desinhibición de quien habla del clima, me estabas leyendo por dentro. Aún no había decidido qué contestarte cuando César, ni implicado ni molesto por nuestro juego, nos cortó:

—¿Cómo era el anillo? —quiso saber.

—De oro blanco, con tres rubíes, aunque la autenticidad del metal y las piedras está por confirmar. No será inmediato, pero la policía seguirá su rastro. Saber de dónde ha salido será fundamental para identificar a quién pertenecen las manos…, porque aún no se ha encontrado ningún cuerpo.

—¿Aún?

La debilidad en la voz de César me asustó.

—Todo es posible —aclaraste—, pero lo más lógico es que si la víctima de la amputación siguiera viva, habría acudido a un hospital y denunciado la agresión.

Entonces, reaccionando al tintineo cada vez más cercano a nuestra espalda, nos invitaste a girarnos alzando levemente la barbilla.

—Ya viene.

Nos volvimos en la dirección indicada para asistir atónitos

a la llegada de una joven y menuda camarera, que a duras penas cargaba una bandeja de aspecto ajado y diferente a las bandejas que descansaban sobre el resto de las mesas. De hecho, todas las bandejas eran distintas entre sí, de la misma manera en que no había un *chawan* igual o dos teteras idénticas, lo que estimuló en mi mirada el ansia por identificar cada modelo, una inquietud de la que tú te percataste al vuelo y que, mientras la chica desplegaba ante nosotros una serie de curiosos utensilios, alimentaste con tu explicación:

—*Wabi-sabi* —dijiste. Y bastó mi expresión de desconcierto para que continuaras—: *Wabi-sabi*, la belleza de la imperfección, así es cómo los japoneses contemplan el mundo, a través de un filtro que les permite apreciar el brillo de las cosas imperfectas, las que están rotas, las que acusan el paso del tiempo. Aquí, cuando algo se rompe, no se desecha, se arregla y con las cicatrices solo multiplica su valor. La ceremonia del té, en la que se tiene en cuenta la vejez y la sobriedad de cada instrumento, es un buen ejemplo de ello. ¿Os suena el nombre de Sen no Rikyū?

Pero a César, cada vez más pálido, lo que nos estabas contando no parecía interesarle nada en absoluto.

—¿Se podrá salir a la terraza? —dijo haciendo caso omiso a tu pregunta y levantándose con un ruidoso empujón a su silla, que desvió algunas miradas hacia nosotros—. Me gustaría tomar el aire un momento, me vendrá bien.

—Por supuesto que sí, os pido disculpas si he sido demasiado gráfico con lo del hallazgo en Chiyoda.

—¿Quieres que te acompañe? —me ofrecí.

—No hace falta, puedo encontrar la salida yo solo, gracias —me respondió con una incorrectísima brusquedad, dedicándome una expresión cargada de ira, que fue muy fugaz y de la que tú no sé si te percataste—. Tú quédate y disfruta de la explicación, yo volveré enseguida.

Y nos dejó solos.

Seguí su avance y, al contemplarlo de nuevo de espaldas y con Tokio a los pies, como ya había ocurrido la madrugada anterior, sentí que nos separaba un abismo, que me ocultaba un secreto. Suspiré ajena a tu compañía hasta que tú dijiste:

—Sigo aquí.

Entonces devolví mi atención a la mesa. Te sonreí sinceramente y traté de excusarme por el extraño comportamiento de César.

—Somos nosotros los que te debemos una disculpa.

—No te preocupes lo más mínimo. Es normal que estéis intranquilos.

—No, no lo es…, no sé por qué se ha puesto así.

—Está impresionado, nada más.

—Tal vez.

—Pero a ti no te impresiona…

Dudé si debía o no serte sincera y opté por el sí.

—No, a mí me gusta.

—Entonces te contaré algo más antes de que vuelva.

—¿El qué? ¿Me dirás quién era Sen no Rikyū?

—Sen no Rikyū es quien tiene la culpa de que la ceremonia del té sea hoy en día todo un símbolo de la cultura japonesa. Vivió en el XVI y murió obligado a practicarse el *seppuku*, pero no, lo que quiero contarte es la razón por la que en la Embajada estamos al tanto del asunto de las manos. Es por la bolsa.

—¿Qué pasa con ella?

—Que tiene una leyenda impresa con el nombre de la tienda a la que pertenece, una librería *duty free* del Aeropuerto Adolfo Suárez Madrid-Barajas.

Sé lo que querrás saber cuando termine mi relato y dispongas de toda la información, así que me adelantaré a ese instante en que, tal vez, el miedo al efecto del material sensible que pueda dejar al descubierto tu pregunta, te haga dudar de si es verdaderamente conveniente formularla: no soy una mujer maltratada.

No lo soy.

Y no se esconde detrás de esta negativa la inconsciencia propia de quien, anulada por el dolor, ha preferido negarse a la evidencia de que es una víctima para poder seguir viviendo.

Yo quise el sufrimiento porque me proporcionaba placer.

Y permití que creciera sin control.

Imagina una planta trepadora y lo entenderás.

Yo convertí a César en un monstruo y, en ese proceso de degradación, con la lentitud propia de la erosión sobre la tierra, que convierte las montañas en colinas a pesar de que su acción resulta invisible hasta que el daño ya está hecho, me destruí.

Segundo consejo para escribir una buena novela, para escribir esta novela, ahora que, como te he explicado, ya hemos asumido la necesaria presencia de dos tiempos (a uno lo llamaremos *el tiempo de la sumisión* y al otro, el que nos ha unido, *el tiempo del crimen*): combinarlos en su justa medida y no dejar ninguno atrás, sobre todo si la que estamos contando es la peripecia de un asesino, en la que con frecuencia las razones de la maldad deben buscarse en el pasado.

Esto Tanizaki lo hacía muy bien y en «El ladrón» nos oculta hasta el final que el tiempo que entendemos como presente no es más que un recuerdo.

No sé si sabré estar a la altura.


Alguien filtró una fotografía.

Nos despedimos poco después de que César regresara de la terraza. Te agradecimos el té y tú te excusaste: era fin de semana y no querías pasar demasiado tiempo alejado de tu hijo. Te pregunté cómo se llamaba (Pablo); cuántos años tenía (acababa de cumplir seis); pero preferí ignorar si su madre también te estaba esperando en casa.

—¿Vosotros no tenéis hijos?

—No...

—Bueno, todavía podríais.

—No, no podemos —te respondí con la clase de revelación que daba siempre por zanjado el tema.

Intercambiamos nuestros números de teléfono y quedaste en llamarnos si había nuevas noticias. Además, te comprometiste a escribirme una lista con tus lugares imprescindibles de la ciudad y yo te dije que, siguiendo tu estela, mientras César estuviera dando clase, los visitaría.

—Intentaré escaparme algún día para acompañarte.

—Eso estaría muy bien.

—Entonces volveremos a vernos.

De nuevo sendos apretones de manos; el mío acompañado de una mirada avivada ya por cierta complicidad; un mero trámite el de mi marido, que se había convertido en un ser

44

transparente, en el que latía como un estigma la huella de la perturbación.

—No dejéis de ir al Nezu. Lo tenéis a dos pasos y para mí es el único museo de Tokio que merece la pena.

Te hicimos caso y hacia allí nos dirigimos.

Anduvimos en silencio, siguiendo las indicaciones del navegador del móvil, en el que habíamos introducido la dirección de destino, y adentrándonos por una calle amplia y poco transitada, que en su sofisticación y por sus tiendas exclusivas y con escaparates de diseño recordaba al barrio de Salamanca de Madrid. El olor de César a mi lado, que podría haber rastreado como la estela de un animal en celo, me calmaba; no importaba cuál fuera su estado de ánimo. Así fue desde el principio. La seguridad que me transmitía su cercanía física desconectaba cualquier alarma que pudiera haberse activado en mi interior. A su lado había aprendido a desentenderme de mí misma y a temerle solo a él, que experimentaba hacia mí un sentimiento opuesto. Conmigo, su ira podía desatarse por cualquier motivo, ya fuera trascendente o banal. De la misma manera en que él me tranquilizaba, yo lo enloquecía y hallaba en ese poder, el de desquiciarlo y convertirme en causa de su desequilibrio, una inagotable fascinación que se imponía al miedo.

—¿Por qué estás tan preocupado? En el salón de té creí que te ibas a desmayar.

—Por tu bien, no vuelvas a preguntarme eso.


La entrada del Museo Nezu es un túnel cuadrado, con el suelo de guijarros y las paredes de bambú, que recuerda a un pasadizo natural y conduce al vestíbulo de un edificio cuya simplicidad persigue hacerlo invisible al ojo humano y permitir que la atención del visitante se centre en la belleza de las piezas que se muestran y el mágico jardín interior.

En la segunda mitad del siglo XIX y la primera del XX, el empresario del ferrocarril Nezu Kaichiro invirtió su fortuna en la compra selectiva de una valiosa colección de arte, que incluye desde figuras budistas y monedas y telas, hasta caligrafías. En total, más de siete mil obras que lograron escapar a la devastación de los bombardeos estadounidenses durante la Segunda Guerra Mundial y se exponen ahora, tanto en las salas diseñadas por el arquitecto Kengo Kuma, como semiocultas en el espectacular jardín al que se accede desde la planta baja y cuya amplitud resulta imposible intuir a primera vista. Era un jardín con estanques y puentes, y pintorescas construcciones de madera entre la frondosa vegetación, que servía de escondite a fuentes y esculturas.

Ignoré la llovizna y me adentré por los senderos de aquel espacio verde y húmedo, atrincherado en un silencio a prueba de las conversaciones que los escasos turistas, protegidos por paraguas y chubasqueros con el logotipo del museo, mantenían en susurros, imbuidos de un respeto tácito hacia aquel insólito no lugar; y me sorprendí imaginándote allí, constatando la idea de un Tokio dividido, que luego, conforme fui conociendo la ciudad, se afianzó en mí y recuperé en numerosas ocasiones: la coexistencia de la urbe apocalíptica y monstruosa en su capacidad de doblegar al individuo, con aquellos fantasmagóricos reductos de paz, bolsas de aire acumulado durante siglos en cuevas abisales *a priori* sin oxígeno.

Y me alegré en secreto, porque habías resultado ser un experto en dar con aquellos rincones extraordinarios, que no aparecían en ningún mapa.

Y también habías dado conmigo.

César no quiso acompañarme en mi paseo por el jardín. Prefirió esperarme en el amplio vestíbulo, donde un fornido ejército de bancos de madera de diseño *minimal* rompía con su calidez la sobredosis de colores fríos que primaba en la decoración y ofrecía un respiro a los visitantes agotados de tanto estímulo visual. Además, aquella era una zona con wifi gratuito y, aunque no me lo dijo, supe que quería navegar por Internet en busca de algún rastro de aquellas misteriosas manos que le importaban tanto.

Cuando regresé a su lado, permitió que me sentara junto a él sin hacer comentario alguno y comprendí que su brevísima investigación había tenido éxito.

—¿Me lo dejas? —le pregunté con suavidad antes de quitarle el teléfono, un iPhone de última generación, que sostenía con la rigidez de una escultura a la que alguien le hubiera encomendado el cuidado de un ser vivo—. Quiero ver lo que han publicado.

En la pantalla del móvil, la página de inicio del *Japan Today*, el más sensacionalista de los periódicos japoneses escritos en inglés, mostraba en la parte superior de su columna principal una fotografía en color de las manos anónimas sobre el papel de estraza de la bolsa. No parecían humanas, pero sí las sobras del ataque de un vampiro cinematográfico. En ellas, el rojo saturado de la sangre y la palidez natural de la piel se mezclaban para producir un impacto obsceno, similar al del paisaje

47

después de una cacería, donde todas las piezas quedan expuestas sobre el terreno en una exhibición indecente de la muerte producida y ejecutada con placer. Y también estaba el anillo, ajustándose a tu descripción: oro blanco y tres diminutos rubíes con forma de lágrima, que imponían su brillo incoherente en medio de aquel horror, única pista, tal y como también nos habías contado en el Spiral, de que aquellas manos tan pequeñas y cuidadas, de uñas rasas y limpias, pertenecían a una mujer y no a una niña.

La imagen era terrible, pero yo no sentí asco, sino más bien una curiosidad científica por los efectos de la amputación, que se había producido por encima de las muñecas y de manera torpe, mediante cortes irregulares y «sucios», ejecutados sin duda por alguien inexperto que o bien había titubeado a la hora de realizarlos, o bien los había practicado tan fuera de sí, que su rabia había contribuido a embrutecer la operación.

Me acerqué más a César, hasta que nuestros brazos se tocaron y apoyé mi cabeza en su hombro. Él permaneció impertérrito. Solo cuando le devolví el móvil y me atreví a murmurar mi máxima favorita, «Una vez más la realidad supera la ficción», reaccionó con lentitud y se apartó lo justo para mirarme como si fuera una desconocida o alguien cuyo nombre no consiguiera recordar, con quien se había encontrado en otra vida. Y me preguntó:

—¿En qué te he convertido?

# HOTEL ANDAZ, ÚLTIMO DÍA

—Háblame de tu relación con él.

—César nunca me puso la mano encima.

—Ya lo sé, te conozco lo suficiente como para intuir que no se lo hubieras permitido.

—Si eso es lo que crees, es que no me conoces en absoluto.

—Pues haz que te conozca.

Te habías pedido una segunda pinta, y yo otra Hitachino. Mi elección de una cerveza nacional —pensé— resultaba esnob, en ella cristalizaba el talante bufo del turista, pero es que yo no era otra cosa..., «no soy otra cosa».

¿Con qué osadía me estoy adentrando en la descripción de una ciudad desconocida? ¿Y con qué criterio torpe salto al presente? Utilizar el presente en una narración pretérita tiene el efecto de divisar desde la costa, rompiendo la placidez del mar en calma, una aleta de tiburón.

Y no puedo permitir eso.

Los hechos son abominables, así que el relato debe ser ágil, no presentar ningún obstáculo que nos aleje de la trama central. En este caso, de la búsqueda del asesino.

Pero sí es cierto que, mientras volcaba el contenido amba- rino de la pequeña botella de cristal etiquetada con un búho en la copa helada, Tokio, inmerso en aquella tormenta que la insonorización del edificio volvía muda, más propia de una distopía que de una metrópoli emblema de la civilización, se levantó ante mí como una sombra, como una incógnita hostil que nunca lograría despejar; y se me ocurrió de repente que tú me veías a mí de esa misma manera.

—Olivia…, préstame atención. ¿Qué es lo que te hizo? —insististe, y atisbé en tu necesidad de descubrirlo una insa- na anticipación del placer, como si ansiaras confirmar tu sos- pecha de que yo había sufrido, porque débil te resultaría menos peligrosa.

Entonces dudé si debía fiarme de ti, que al fin y al cabo también eras un hombre.

La banda en directo se había retirado a descansar y, susti- tuyéndola, la voz de Ella Fitzgerald en el hilo musical inundó el local. Sonaba *Summertime* y cada uno de los detalles en pe- numbra de aquella taberna de lujo, con su barra acolchada y su aura rojiza, un poco china, un poco Wong Kar-wai, se me antojó de pronto artificial. Desde nuestros silenciosos vecinos de mesa —muy pocos y ninguno japonés, huéspedes del ho- tel, casi todos con la única compañía de las pantallas de sus portátiles— a los uniformados camareros, las impresionantes alfombras y las paredes de cristal contra las que chocaba, agre- siva, la lluvia… todo me pareció un montaje armado expresa- mente para obligarme a confesar ante ti, Gonzalo Marcos, la parte más oscura de mi vida. Solo la canción, como una con- traseña, como el código destinado a descifrar un torrente de letras y números en apariencia sin sentido, me produjo una emoción agridulce con la potencia evocadora de un proyector de ocho milímetros escupiendo viejas películas familiares sobre la pared de un salón con las luces apagadas y completamente vacío.

No existe un perfil.

Cualquiera puede ser la víctima. Cualquiera el verdugo.

«¿En qué te he convertido?», la pregunta que César me hizo en el Nezu, junto con su desconcertada expresión, regresó a mi mente mientras, a la velocidad de la luz, barajaba mil formas posibles de contarte quién era yo y cómo había llegado hasta allí.

Dentro de mí, convivía la máscara, la escritora de éxito, creadora de Lolita Richmond, cuyas tramas policiacas se caracterizaban por un marcado tono feminista, que se había formado, gracias a su pertenencia a una familia de abogados cultos y liberales, leyendo a Virginia Woolf, a María Zambrano y a Simone de Beauvoir, a la que invitaban a festivales y congresos para hablar del crimen en la literatura, con el rostro sin maquillaje, esa otra «yo», la que se había sometido al doloroso y persistente cincel de César durante más de dos décadas; la misma que, al cerrar los ojos cuando estaba lejos de él, ya no sabía cómo comportarse y, perdida, recreaba su voz y no podía evitar que su cuerpo reaccionara con un temblor infantil previendo cuáles habrían sido sus órdenes, poseedoras de esa gélida autoridad que acompaña al respeto inspirado por el miedo.

—¿No vas a decir nada? —preguntaste.

Quería decírtelo todo, desandar el camino hasta mis veinte años y localizar el momento, como si se tratara de un accidente geográfico en un mapa, en el que le pedí a César por primera vez que me tratara con desprecio y él aceptó, deseoso de complacerme y prestarse a mi fantasía de dominación, porque así fue como sucedió; yo fui quien prendí el fuego y establecí las bases de nuestra malsana adicción. Quería decírtelo todo y bucear en un pasado que había crecido hermético y sellado, y recuperar un idioma que amaba y que, salvo en las páginas de mis novelas, donde, como tú muy bien habías intuido, excepto lo más superficial todo era mentira, fluía silencioso por debajo de las palabras vacías y corteses que César me había acostumbrado a decir en público y a callar también en privado. Recordé entonces que unos días antes de nuestro viaje, al llegar a casa después de una cena con un grupo de profesores de su departamento, mi marido, sin mirarme, al mismo tiempo que se quitaba la camisa y paseándose con desgana por el dormitorio buscaba en los cajones del armario un pijama limpio, me espetó: «Vas a peor, ya solo dices sandeces, voy a tener que ponerte un bozal». Aquella amenaza provocó a partes iguales mi excitación y mis ganas de llorar, pero me contuve, porque sabía que a César le irritaban las lágrimas y temía una escena, así que me limité a pedirle disculpas y a masturbarme delante de él como muestra de obediencia, cuando obtuve su permiso.

Sin embargo en la taberna del Hotel Andaz sí lloré. Lloré delante de ti, que con la calidez exacta para consolarme e invitarme a hablar colocaste tu mano sobre la mía. Como Noriko, tú también tenías las uñas perfectas. Es absurdo, pero es la verdad: en medio de toda aquella presión, eso fue lo que pensé. También quise sacarte de tu error y hacerte ver que no eran la vergüenza ni el dolor los causantes de mi llanto, sino la conciencia de la pérdida, la evidencia de que César no podría volver. Me sentía como una perra a la que hubieran abandonado para morir, atada a un árbol, en medio de un oscuro bosque sin ningún tránsito. Te lo prometo, quise decírtelo, pero la experiencia me había enseñado que mi forma de amar, como una tara, al ser compartida no generaba más que incomprensión. ¿Cómo explicarte que mi afecto necesitaba para crecer y consolidarse que le hicieran daño? Estaba convencida de que no lo entenderías, porque no se trataba de confesar la práctica de un juego sexual sadomasoquista, condenado a terminar cuando una de las dos partes implicadas pronunciara la palabra de alerta, sino de una vida entera suplicando el castigo, el sometimiento a una progresiva y prolongada laceración mental, que la voz de mi marido había ejercido con la eficacia de un asesino a sueldo.

«Luz de gas».

—Yo ya sabía que César me era infiel.

—Lo imaginaba —dijiste esbozando una sonrisa esquiva—, pero no quiero que empieces tu historia por el final, ya te lo he dicho. Quiero que me la cuentes desde el principio.

# EL TERCER DÍA

Los niños no anticipan el mal, por eso a menudo son crueles.

El lunes por la mañana un barrendero encontró el cuerpo de Noriko Aya en los Jardines de Hamarikyu. Le faltaban las manos. Más tarde saltó a la prensa que un día antes, quién sabe si mientras César y yo charlábamos contigo en el Spiral, Hideki Kagawa, el novio de la bailarina, había denunciado su desaparición.

La fama internacional de Noriko, medio japonesa, medio española, hizo que la noticia de su violenta muerte se propagara a través de las redes en un santiamén y conmocionara al mundo.

Yo me enteré por ti.

César se había levantado a las seis para acudir a sus clases en la universidad y ni siquiera había desayunado conmigo. Nos habíamos despertado a la vez, con el tono de *Encuentros en la tercera fase* que tenía instalado en su móvil como alarma, pero me di cuenta enseguida, ante el sigilo de sus movimientos y los esfuerzos por no encender la luz ni descorrer las gruesas cortinas durante los pocos minutos que invirtió en vestirse, de que rezaba en silencio para que yo continuara dormida. Así que decidí complacerle y mantuve los ojos cerrados hasta que escuché cómo la puerta de la habitación se abría y se cerraba con rapidez.

Su marcha me arrancó un suspiro de alivio.

Estiré las piernas hasta alcanzar la zona más fría de las sábanas y noté cómo se iba relajando cada uno de mis músculos. De un manotazo, aparté el edredón y lo tiré al suelo. En aquel cuarto hacía demasiado calor. Olía al polvo que recorre los conductos de climatización de los grandes edificios y había algo opresivo en la oscuridad forzada por las cortinas que César había evitado descorrer, pero que yo sí descorrí, para encarar el amanecer de Tokio, una combinación de líneas horizontales de grosor irregular y colores degradados en una fascinante progresión del azul más oscuro al carmesí. Iba a escribir —y escribo— que a esa hora iniciática del día, infectadas por la sobredosis necesaria de energía para que se produzca el principio de las cosas, todas las ciudades son la misma ciudad, pero no es cierto. Me senté en una de las dos butacas cilíndricas que, a juego con la moqueta, invitaban al huesped a contemplar las impresionantes vistas y eché de menos el perfil de los viejos edificios, antenas, cúpulas y azoteas que dibujaban contra el cielo la sombra del Madrid más antiguo, el organismo al que yo pertenecía y en el que bastaba con que me dejara llevar para sentir garantizada mi supervivencia.

Existen todas las ciudades y la nuestra.

En Tokio, como me hubiera ocurrido en cualquier otra ciudad desconocida, sin embargo, la sensación era distinta, porque el viaje siempre pone a prueba e intensifica la conciencia que tenemos de nosotros mismos y nos hace dudar, desafía nuestras certezas, nos aleja de lo que poseemos, de los objetos y los paisajes que nos adjudicamos, creemos que por derecho, cuando en realidad no nos pertenecen en absoluto.

No formamos parte de nada.

Era esa sensación de existir suspendida en el vacío la que, desde niña, me había provocado un miedo atroz.

—No vayas por ahí —me oí decir en voz alta.

Volví a la cama y me esforcé por apartar de mi mente cualquier vestigio de pensamiento sombrío. Trasteé un rato con el iPad y el teléfono. Ojeé la guía de Japón sin demasiadas ganas y escogí Akihabara como el destino de mi paseo matinal. Allí, años atrás y a plena luz del día, un hombre había apuñalado a dieciocho personas al azar. Se llamaba Tomohiro Katō.

Me entretuve en aprender el itinerario que debía seguir en el metro. Respondí a un par de correos electrónicos. Me quité el pijama de raso y completé con nula convicción mi tabla de estiramientos antes de observar con curiosidad y detenimiento mi cuerpo en el espejo del baño diminuto. No estaba mal. Todavía era una mujer atractiva… «Todavía eres una mujer atractiva», me pareció escuchar a César susurrando a mi espalda, y el ataque repentino de la memoria hizo que me encogiera de miedo… Era una mujer, aunque cuando me dejaban tranquila y sola actuara como una niña.

Saqué del armario unos vaqueros limpios y una gastada camisa de franela de César, que solía ponerme yo, y antes de meterme en la ducha hice algunas muecas y apreté todos los botones del retrete inteligente, que recordaba al asiento de una nave espacial. En definitiva, me conduje con ligereza, me comporté como cuando sabemos que no nos miran, porque mi marido se había ido y se había llevado con él la tensión que, durante el domingo, igual que un ser vivo, había medrado a nuestro alrededor con la determinación de un ejército al acecho.

Después de nuestra visita al museo, había intentado de mil maneras que se sincerara conmigo, pero no obtuve ningún éxito ni me sorprendí ante mi fracaso; y es que, cuando se disgustaba o se veía atrapado por alguna preocupación, César blindaba sus emociones e insistir en que las liberara era un error. A lo largo de nuestro matrimonio había aprendido que alejarme y dejarle su espacio era lo único que podía hacer ante su mutismo.


Recibí tu mensaje en Akihabara, donde di por casualidad con un local bastante anodino, pero silencioso, en el que servían un café aceptable y había conexión a Internet. El exoesqueleto de aquella inmensa zona de la ciudad, que era un delirio de pantallas y neón, imitaba la forma del cuerpo de un ciempiés obeso con un sinfín de patitas enclenques y retorcidas, porque cada una de las calles perpendiculares a la gran avenida Chūō-dori, el núcleo ruidoso e incandescente del lugar, recuperaba el ritmo menos ajetreado del Tokio más tradicional y también más gris, tanto en su estética como en su oferta comercial, y brindaba al visitante la posibilidad de alejarse momentánemaente del derroche de luz y la agresividad visual y sonora con que se publicitaban en la arteria principal del barrio el manga, los productos electrónicos y los videojuegos, que a mí no me interesaban nada, pero a Lolita Richmond sí.

Por eso había decidido visitar Akihabara, porque a mi personaje, responsable de que las ventas de mis libros se contaran por miles, le fascinaba el *anime* y la vida canalla. Lolita Richmond, que tenía mi misma edad y no tenía familia ni compromiso alguno, había nacido del intento de exorcizar mis frustraciones; era el resultado de un arduo proceso de reciclaje de «basura», mi *Basura interior* —así se titulaba la primera entrega de la serie literaria en la que Lolita era protagonista—, la que aglutinaba los restos de todo lo que yo no había podido ser. Lolita, que había crecido con *Heidi*, *Candy Candy*, *Spectreman* y *Mazinger Z*, era extrovertida, mientras que yo hacía mucho tiempo que me había dividido en dos, convirtiendo la parte más importante de mí en un acuífero; a ella le gustaba beber hasta caer redonda y lo hacía con sus dos mejores amigas, dos divorciadas de profesiones independientes, que ya habían pasado de los cuarenta, usaban Tinder y habían dejado atrás la época de la vergüenza a la hora de las quejas; yo, por el contrario, solía ser la primera en marcharme de los bares y la última en levantar la voz, aunque fuera flagrante el agravio. Además, nunca me había separado de César y engañarle jamás se me había ocurrido. Lolita, capaz de arriesgar su vida por resolver los casos en los que se implicaba, ambientados siempre en universos marginales y desfavorecidos, era una misántropa celosa de la intimidad de su apartamento en el corazón de Malasaña; yo me esforzaba por controlar la amenaza de los ataques de pánico cada vez que mi marido me dejaba sola en nuestro piso de doscientos metros cuadrados en

Chamberí o me citaban más allá de los límites de la línea 6 del metro, que rodeaba el centro de Madrid, convirtiéndose en su frontera.

Si hubiera sido Lolita la destinataria de tu mensaje aquel luminoso mediodía de otoño, la noticia del asesinato de Noriko la habría pillado curioseando las páginas en *kanji* de *Barrio lejano* o *Death Note*, de pie frente a uno de los bancos de *mangas* imprescindibles de alguna de las clónicas tiendas de Chūō-dori, probablemente ubicada en la planta décima de un rascacielos de no menos de veinticinco y atiborrada de máquinas de juego, miniaturas de resina, pelucas y disfraces diseñados para satisfacer al *otaku* más exigente.

Pero me lo escribiste a mí, que lo recibí a salvo de la marabunta, en aquel café neutro, con las dimensiones de una caja de zapatos, donde me había refugiado para continuar con mi lectura de «El ladrón», en el que la frialdad de la voz narrativa ya empezaba a despertar mis sospechas.

Me decías:

> Acaban de encontrar el cuerpo sin manos de la bailarina Noriko Aya en los Jardines de Hamarikyu. Si te parece bien, nos vemos allí en una hora.

No sé si reaccioné de algún modo especial ante la noticia, no lo recuerdo. Tal vez las dos ancianas de espaldas encorvadas, que reían y conversaban en la única mesa ocupada del establecimiento aparte de la mía, pendientes de que sus bastones, apoyados contra la pared, no cayeran al suelo, apreciaran un ligero temblor en los escasos gestos que malgasté al ponerme el abrigo y recoger el móvil, el libro y el cuaderno para meterlos en el bolso... o tal vez no; tal vez la impresión que me produjo conocer la identidad de la víctima se me quedó dentro y tu mensaje causó en mí el efecto del mordisco de una serpiente portadora de un veneno sin antídoto, que en un reconocimiento inicial del paciente parece inocuo, pero a largo plazo resulta mortal. Me acerqué a la barra, pagué la consumición permitiendo que la desganada camarera eligiera el billete correcto de mi cartera y, antes de salir, aproveché la conexión a la red para llamar a César por WhatsApp, aunque no obtuve respuesta.

Grabé para él un breve mensaje de voz, informándole del hallazgo del cadáver y de mis siguientes movimientos, y con un escueto «Vale» te confirmé a ti que acudiría al encuentro que me proponías en la escena del crimen.

Y entonces ocurrió algo más propio del sueño que de la vigilia.

Salí a la callejuela y recorrí los escasos metros que me separaban de la avenida principal para enfilarla en dirección a la estación de Akihabara, y allí la vi: la imagen de Noriko Aya estaba en todas las pantallas de Chūō-dori, las que formaban parte del mobiliario urbano y las que los comercios tenían a la venta o utilizaban para la promoción propia; en todas, sin excepción, desde las que ocupaban los escaparates a pie de calle a las que colgaban de las fachadas de los rascacielos, se mostraba un primer plano de la bailarina más famosa del siglo, la fotografía que le había tomado en Madrid uno de los mejores amigos de César, el fotógrafo Martín Guidú.

En ella, delante de un fondo neutro, la joven Noriko, con un sencillo suéter negro de cuello alto, posaba inocente para la cámara, con la melena morena y brillante recogida y el rostro entre las manos. La actitud de «elegida para el sacrificio», que emanaba del óvalo perfecto de su rostro y ardía en sus ojos negros, resultaba perturbadora, porque se intuía no real.

Su belleza era indiscutible, no parecía de este mundo.

A mi alrededor, los transeúntes inmortalizaban con las cámaras de sus móviles el momento: centenares de Norikos, algunas gigantescas, otras de un tamaño más razonable, ocupando uno de los rincones más insólitos del planeta en una última aparición estelar, para decir adiós. Yo quise hacer lo mismo. Superado el asombro inicial, la sensación de pertenecer al elenco de una película de ciencia ficción, traté de imitar el comportamiento general y busqué en el bolso mi teléfono para actualizar con aquel paisaje mi cuenta de Instagram, pero, antes siquiera de introducir mi clave de desbloqueo, entre las notificaciones pendientes, vi que gracias a la cercanía de la conexión del café había entrado un nuevo mensaje tuyo. Era muy breve y pude leerlo sin necesidad de abrir la aplicación:

Ya sé que César y tú la conocíais. Ahora me lo cuentas.

Presa de una repentina debilidad, levanté la vista de las doce palabras que habías escrito y comprobé que Noriko aún no había desaparecido.

Me estaba mirando a mí.


Cuando el coreógrafo José Aya cambió el relajado ritmo de vida de su Cádiz natal por la frenética cotidianidad de

Tokio, tenía veinticinco años y acababa de celebrarse la ceremonia de clausura de los Juegos Olímpicos de Barcelona, en los que había ganado algo de dinero como integrante del cuerpo de bailarines, y dos razones sobre las que había reflexionado largo y tendido lo habían decidido finalmente a realizar un viaje que llevaba mucho tiempo posponiendo: la primera, que, como cinéfilo empedernido que era desde niño, había terminado por descubrir aquel verano la filmografía de Yasujiro Ozu y se había rendido ante la compleja sencillez de cada uno de los planos de *Primavera tardía*. Su obsesión por aquella película de 1949, rodada en blanco y negro, lo había llevado a idealizar la turística localidad costera en la que transcurría la acción, la ciudad de Kamakura, a cincuenta kilómetros al suroeste de la capital japonesa, y no quería morirse sin verla.

La segunda razón tenía mucho que ver con la primera, porque José Aya no había descubierto la obra de Yasujiro Ozu por sí solo, sino gracias a la gimnasta Reiko Hizomi, miembro en aquellas olimpiadas de la delegación de Japón, que lo había introducido en los rudimentos de la cinematografía nipona.

De Reiko, José se había enamorado febrilmente, sobre todo del mágico movimiento de sus manos, que parecían las alas de una mariposa, pero también cuchillas, cuando ejecutaba sus ejercicios de gimnasia rítmica. Fue por ella por quien hizo las maletas y se atrevió a subir a un avión.

Y todo salió bien.

Hay algunas personas cuya misión en la Tierra se limita a contribuir a la existencia de otras, porque la vida real es cruel e imita los mecanismos de la invención para dividir sin piedad a quienes la disfrutan o sufren entre protagonistas y personajes secundarios (esos que te dije que no existen). Reiko y José habían llegado al mundo para ser los padres de su hija única, Noriko Aya, y convertirla en una estrella; y Noriko nació para morir en la veintena y que yo pudiera sentarme a escribir esta historia.

La tarde en que Reiko se puso de parto, José estaba impartiendo la última clase del día en la pequeña escuela de flamenco y danza contempóranea que seis meses antes el matrimonio había inaugurado en Kamakura, animado por el creciente deslumbramiento que el cante y el baile andaluz ejercían sobre los japoneses. Sabían que esperaban una niña y sabían también que, fieles a los clásicos de Ozu que los habían unido, la iban a llamar Noriko, nombre fetiche del director, que siempre lo utilizaba para sus personajes femeninos, interpretados por la actriz Setsuko Hara.

Pero tú, Gonzalo, que mantenías tus inquietudes intactas y te volcabas en la cultura de los países a los que te conducía tu azarosa carrera diplomática, ya estabas al tanto de esta biografía, convertida por la propia Noriko casi en leyenda, a base de repetirla en las infinitas entrevistas y documentales que le habían dedicado los medios.

A pesar de su juventud, con la seguridad que caracteriza a las niñas prodigio capaces de no perder el éxito al abandonar la infancia, Noriko sabía contarse muy bien a sí misma y había marcado en su breve recorrido vital algunos puntos de luz con la intención de que a sus admiradores les resultara sencillo convertirla en el centro de una estudidada mitología. Otra de las anécdotas que solía repetir a menudo, porque según ella había contribuido a consolidar las bases de su estilo indefinible, era su encuentro en la adolescencia —del que no he hallado prueba gráfica alguna— con el bailarín y coreógrafo estadounidense Merce Cunningham, que había visitado Tokio ya en su ancianidad para recoger el Praemium Imperiale, un importante galardón a la altura del Nobel o el Princesa de Asturias.

Noriko sonreía siempre y apartaba la mirada de sus interlocutores para perderla en el vacío cuando recordaba a Cunningham, en cuya trayectoria se incluía un periodo en la compañía de la bailarina Martha Graham y numerosas colaboraciones con quien fuera su pareja, el compositor John Cage. «Era todo un símbolo —le gustaba decir a Noriko— gracias a él comprendí que en la danza, como en todas las disciplinas artísticas, el territorio menos explorado es el de las fronteras».

Yo creo que mentía.


Me retrasé un poco en llegar a los Jardines de Hamarikyu, porque me costó más de lo previsto dar con la salida correcta en la estación de Shimbashi, uno de los principales núcleos del sistema tokiota ferroviario y de metro. Por ella deambulé durante una media hora larga, aturullada con cada túnel y cada escalera mecánica que, como en un laberinto interminable, se presentaban ante mí cuando creía que lo que me esperaba al final del enésimo pasadizo recorrido era por fin la luz.

Y cuanto más perdida me sentía, más ganas tenía de verte sin explicación.

Aquel orden excesivo, que se reflejaba en el civismo exagerado de los usuarios locales del transporte público, silenciosos en los andenes, acostumbrados a formar colas perfectas delante de las puertas de los vagones y a evitar las conversaciones telefónicas y la música, aquel acatamiento colectivo y férreo de las normas, más propio de robots que de humanos, cuya máxima expresión era la disciplina militar con la que se caminaba por la derecha o por la izquierda, dependiendo de la dirección escogida, y se miraba con censura a quien se saltaba la regla, tenía algo de cárcel invisible, tácitamente aceptada, que mi subconsciente aborrecía y con la que yo no hubiera podido convivir más allá de la experiencia turística.

«Para salir, Olivia, sigue siempre las baldosas amarillas[1], como Dorothy en *El mago de Oz*».

Me acordé del consejo que me habías dado el día anterior, cuando compartí contigo mi determinación de aventurarme sola en el metro, y que no me había hecho falta en Akihabara, donde supe orientarme sin problemas, quizás porque allí aún no había ocupado mi mente la imagen del asesinato de Noriko, y lo seguí. Unos minutos después, distinguía tu figura en la entrada del parque. Tú también me viste llegar y, con las manos en los bolsillos de unos vaqueros color mostaza, me sonreíste y yo me sorprendí calibrando qué porcentaje de flirteo contenía tu actitud. Hacía mucho que no me prestaba a un juego tan clásico con ningún hombre, porque era un animal herido.

Despojado de tu traje parecías una persona completamente distinta.

---

[1] En el metro de Tokio, el amarillo identifica las señales de salida. (N. de la A.)

—No esperes que nos dejen ver el cadáver, mi influencia no llega hasta ese punto —dijiste alzando la voz con un tono divertido, cuando aún me encontraba a un par de metros de ti.

Eras un hombre extraño.

Habían cerrado los jardines, una frondosa superficie de doscientos cincuenta metros cuadrados que se ordenaba alrededor de un estanque llamado Shioiri, pero contra esa prohibición sí funcionó tu condición de personal de la Embajada como un salvoconducto.

—No podremos acercarnos mucho a la escena, pero al menos podrás hacerte una idea del espacio, y yo puedo contarte cómo ha sido… Pareces un poco afectada.

Tú no lo estabas en absoluto.

Me di cuenta de que te había saludado sin quitarme las gafas de sol e imaginé fugazmente mi aspecto, resultante del mal rato que había pasado en Shimbashi.

—Es que me he perdido al salir del metro y por un momento he llegado a pensar que nunca más volvería a ver el sol —respondí quitándome las gafas por fin y mostrándote mi expresión más amable—, pero estoy bien, de verdad. Te agradezco que me dediques tu tiempo.

—No tienes por qué, me apetecía mucho estar contigo. ¿Entramos?

Eras un hombre extraño. ¿Lo había escrito ya? Sí, ya lo había escrito y lo volvería a escribir mil veces. Acepté tu propuesta, tan intrigada por la proximidad del cuerpo de Noriko como por tu ambiguo comportamiento, a medio camino entre la hilaridad y la contención, y en todo momento atrincherado en una cortesía extrema. Tus modales, la manera en que caminabas y te reías, un proceso en el que se implicaba hasta el músculo más pequeño de tu rostro, eran tan sofisticados que rozaban lo femenino, pero a la vez había en ellos una virilidad desdeñosa que me atraía.

—Nunca he visto un cadáver.

Entonces te mentí:

—Tampoco yo.

—Ha sido por allí, cerca del estanque —me indicaste señalando hacia la derecha, mientras nos adentrábamos por el camino principal, despejado, hacia la parte más salvaje del parque—. Un jardinero la ha encontrado semioculta entre los arbustos.

Era más de la una y no hacía nada de frío, más bien al revés, el cielo raso, de un azul casi líquido, enmarcaba un inmenso paisaje natural de árboles y flores silvestres que, como una plaga, salpicaban sin tregua los flancos de los senderos cada vez más pequeños por los que nos desviamos, estrechos y sin perspectiva, contra los que chocaba fulminante la luz produciendo temblorosos efectos de sombras. El clima agradable invitaba a tumbarse en la hierba, a cerrar los ojos y apoyar la cabeza sobre una improvisada almohada hecha con la chaqueta o el suéter, de innecesario abrigo, y a sorprenderse con la situación: el hecho de estar en Tokio, ajenos al paso del tiempo, remoloneando bajo los árboles; lástima que la muerte hubiera infectado cada milímetro del terreno, cada hoja caída, cada frágil e ingenua margarita. La muerte, como la náusea, sujetaba las riendas y tiraba de ellas en cuanto intuía que nos disponíamos a olvidar la razón de nuestro recorrido por Hamarikyu, acercarnos lo máximo posible a la escena de un crimen.

—¡Madre mía! Pero si esto parece un bosque.

—Ese es precisamente su encanto, su espesura y el que sea de pago, lo que implica que nunca te vas a encontrar con demasiada gente. Es un lugar discreto, aunque para Noriko haya sido su perdición. El claro en el que ha aparecido es idéntico a este, no es de mucho tránsito y lo rodea vegetación suficiente para que el cuerpo haya pasado casi un par de días desapercibido. Pero voy a llevarte al paseo, te impresionará aún más y luego, si me dejas, te invitaré a comer.

Caminamos en silencio un par de minutos entre aquella vegetación indómita, que contribuía a dotar al escenario de un halo de irrealidad, y terminamos saliendo a un paseo de grava con una sólida baranda baja, de madera y metal, que lindaba con la bahía artificial y la ciudad, al otro lado del agua.

—Los edificios siempre están al final —me dijiste cuando me detuve a contemplar el panorama espectacular, en el que se superponían barcazas y rascacielos—. Por muy grande que sea la extensión de verde, en Tokio es el cemento el que acaba ganando la partida.

—Pues no estoy muy segura de que me guste.

—A mí no me gusta, pero sí me interesa, y mucho. Son cosas diferentes. Aunque tú todavía no puedes pronunciarte, acabas de llegar.

—Cuéntame cómo la han encontrado.

Te sentaste en un banco detrás de mí e iniciaste el relato de los hechos sin necesidad de que te insistiera.

—El sábado por la tarde uno de los jardineros del parque tuvo que ausentarse de urgencia por un imprevisto familiar y se dejó sus herramientas de poda junto a las matas en las que estaba trabajando. No lo comunicó a la organización porque se trataba de una zona de poco paso y pensó que el trámite sería rápido. Estaba convencido de que podría volver para terminar su tarea y recogerlas sin que se dieran cuenta, pero no fue así. Hasta hoy no ha regresado a por ellas. De entrada no ha notado nada raro, pero enseguida ha echado de menos unos guantes y un hacha pequeña. En cuanto se ha puesto a buscarlos ha dado con Noriko. Después de superar un más que previsible ataque de pánico, ha declarado que ni siquiera parecía escondida, simplemente algo apartada, nada más.

—¿Y sobre el hacha y los guantes?

—Ni rastro de ellos.

Permanecimos un instante callados durante el que pude escuchar cómo garabateabas en la grava con tus impolutas zapatillas de deporte, de un blanco iridiscente de tan limpio. Me había fijado antes en ellas porque te hacían unos pies inmensos.

—Mira —dijiste de repente reclamando mi atención e indicándome con la cabeza que me volviera hacia tu derecha—. Se la llevan.

Le dí la espalda al mar y vi a dos personas —imposible saber si eran hombres o mujeres, porque iban cubiertos con un mono blanco que incluía una capucha— que avanzaban por el paseo en dirección opuesta a nosotros. Habían salido del follaje y transportaban una camilla de patas plegables de aluminio, sobre la que descansaba una bolsa de plástico negro, cerrada con cremallera. Dentro, no era difícil adivinarlo, debían de ir los restos de Noriko.

Por un segundo, dejé de escuchar los sonidos ambientales del jardín y todos mis sentidos se concentraron en la herida que el sol, agresivo como un cuchillo, se empeñaba en abrir sobre la bolsa, señalándola, empeñado en acceder con el afán de un carroñero a lo que escondía en su interior.

Una distorsión.

—¿Y qué haría ella aquí? —te pregunté sin poder apartar la mirada de la reducida comitiva que aún permanecía en nuestro campo visual.

—Ah, amiga, ese es el gran misterio. Llevaba un chándal negro y había una gorra muy cerca de ella, también unas gafas oscuras. Fuera lo que fuera, no quería ser reconocida ni tampoco esperaba que alguien le pusiera un anillo en el dedo o se habría vestido para la ocasión.

Me giré hacia ti, sorprendida ante tu comentario, y te encogiste de hombros.

—Lo sé, Lolita Richmond estaría orgullosa de mí.

—¿Cómo sabes que César y yo la conocíamos?

—Vi en tu Instagram la foto del estreno en los Teatros del Canal.

—De eso debe de hacer ya más de dos años...

—Dos años justos.

—Esa fue la única vez que la vimos...

Recordé para ti aquella velada en la que César y yo fuimos invitados al estreno en España de *Wa* - 和, el espectáculo de danza con el que Noriko Aya se consolidó definitavemente como una de las estrellas más rutilantes de la escena internacional. En japonés, *Wa* significa «armonía» y, aunque el concepto encierra una connotación conservadora, porque se refiere al equilibrio social que debe prevalecer por encima de cualquier consideración individual y apela al sacrificio de los sueños e ideales personales con tal de mantener la paz colectiva, en su propuesta artística Noriko le dio la vuelta.

Con la ayuda de sus padres en la coreografía y la influencia evidente de los trabajos de Cunningham, *Wa* se transformó en un mensaje subversivo para la sociedad japonesa, tan hermética y encerrada en sí misma, y, por extensión, para el mundo, porque abogaba por la mezcla mediante la fusión del flamenco y la tradición oriental; trascendía la música y alcanzaba el plano del discurso político; se posicionaba no ya a favor de la tolerancia, sino de la hibridación.

—Con cada sala en la que se representaba, la rompedora puesta en escena de Noriko ganaba adeptos, ¿no te acuerdas? Se convirtió en una especie de gurú.

—Claro que me acuerdo —confirmaste— pero no me cabe en la cabeza que un *ballet* pueda generar tanta controversia y expectación.

—Solo se me ocurre una razón para que te atrevas a decir eso —alegué exagerando mi indignación.

—¿Cuál?

—Que no fueras a verlo.

—*Touché*.

Aquella noche en los Teatros del Canal, el público, de entrada bastante exigente y escéptico, integrado por la élite intelectual madrileña, la exangüe resistencia lectora de los suplementos culturales y las revistas de análisis, cayó rendido ante la energía de Noriko y su capacidad para «hablar» con el cuerpo y rebelarse. Incluso César, por lo general enemigo de la efusividad, se puso de pie para aplaudir a la joven bailarina y, de camino a casa, no tocó otro tema, solo las múltiples interpretaciones de *Wa* y lo mucho que se había sorprendido con el aplomo y la madurez de Noriko Aya, durante la breve charla que había mantenido con ella en el brindis posterior a la función.

—¿Y después no volvisteis a verla?

—No.

Disculpándote por tu antojo y alegando que estabas harto de la gastronomía autóctona, me habías pedido permiso para no llevarme a comer *sushi* ni *ramen* y habías elegido para nuestro almuerzo la minúscula pizzería de un centro comercial cercano a Hamarikyu. Ni siquiera había mesas, solo una barra cubierta por una pátina de grasa que dejó de producirme aprensión en cuanto di el primer bocado a mi porción de *Prosciutto e Funghi*. Estaba buenísima.

—¿Crees que podrían haberla matado por motivos políticos, para callarla?

—¡Por supuesto que no! —negaste con rotundidad mientras te limpiabas los dedos con una servilleta de papel a cuadros blancos y rojos—. De acuerdo con que su discurso artístico agitó muchas conciencias, pero no era Salman Rusdhie.

Me hiciste reír.

—Hoy pareces más tranquila que ayer…, espero que no pienses que soy un frívolo, que lo soy, y mucho…, es solo que no sé cómo abordar este asunto.

—A mí me pasa igual. Me avergüenza divertirme con todo esto, con la forma tan curiosa en que nos hemos conocido; no sé cómo equilibrar esas sensaciones con las que me produce la muerte real de Noriko y el ánimo rarísimo de mi marido.

—¡Es verdad! —exclamaste fingiendo que habías olvidado por completo la violenta situación del día anterior—. ¿Cómo está él? ¿Ha amanecido más relajado?

Solo cuando lo mencionamos fui consciente de que no sabía nada de César desde que me había hecho la dormida para no estropear sus planes de marcharse de la habitación sin despedirse. Consulté mi teléfono y vi que no había recibido ningún mensaje suyo.

—¿Todo bien? —insististe mientras reclamabas la atención del camarero para que nos sirviera los cafés que habíamos dejado ya pedidos al pagar el menú.

—Sí...

—Como fan incondicional de sus andanzas, ¿quieres que te cuente cuáles serían los pasos de Lolita Richmond si tuviera que hacerse cargo de esta investigación?

—Sorpréndeme.

—Ella lo tendría clarísimo: lo consideraría un crimen pasional. ¿Y sabes por qué? —Hiciste una pausa para aumentar mi expectación. Tu pregunta no esperaba respuesta—. Por las manos cortadas y el anillo. En este caso, las manos lo significan todo, quien descubra su historia descubrirá los motivos del crimen y, por supuesto, al asesino.

Pensé que tu hipótesis, aunque incompleta —yo también había reflexionado largo y tendido sobre el suceso—, tenía muchísimo sentido y, sin pensarlo demasiado, abrumada tanto por los funestos acontecimientos que estaban ocurriendo a nuestro alrededor como por la espontánea intimidad que había surgido entre nosotros, compartí contigo un secreto que aún no le había confiado a nadie.

—No quiero escribir más sobre Lolita Richmond.

—¿Por? —medio exclamaste con auténtica sorpresa.

—Ella es todo lo que yo no soy, y quiero que mi próximo libro, aunque sea también una ficción, hable de mí, cuente la verdad.

Apuraste tu *espresso* en una maniobra que pretendía ganar tiempo, porque habías intuido que, sincerándome, acababa de arrastrarte a un campo de minas, a un territorio sensible e inexplorado, donde se ocultaba una parte de mí a la que no esperabas acceder tan pronto.

—Si es así, no te quedará más remedio que mencionarme.

—Entonces tendrás que contarme más cosas sobre ti.

—Pregúntame lo que quieras.

—¿Dónde está tu mujer?

—Mi mujer está muerta —dejaste escapar la afirmación como si la hubieras estado reteniendo contra su voluntad en tu garganta durante todo el tiempo que había durado nuestra conversación, luego, sin sonreír y sin apartar tu mirada de la mía, con una seriedad más propia de una declaración en comisaría que de un café de sobremesa, continuaste—: Un accidente, el año pasado.

—Lo siento muchísimo. No debería habértelo preguntado tan pronto. Casi no nos conocemos.

—No te preocupes. Tú eres escritora y yo te he dado acceso a mis fotos. Todos los que las ven quieren saber lo mismo que tú: ¿dónde está la mamá de Pablo? No aparece en mis publicaciones de Instagram porque creé la cuenta después de su muerte, en una de esas clásicas maniobras de libro de autoayuda para empezar a salir del pozo.

—Espero que funcionara...

—Bueno, no puedo negar que he conocido a gente nueva —confirmaste con resignación y sonreíste—: Te he conocido a ti.

Habías adoptado una postura incómoda, ni de pie ni sentado en el taburete, con los brazos caídos, sosteniendo la taza de café. Más que una explicación, parecía que estabas pidiendo clemencia, pidiendo ayuda; y a mí me hubiera gustado ayudarte, seguir, continuar con aquella operación en la que el bisturí aún no había hecho más que rasgar la piel, e interesarme por cómo había muerto ella, de qué accidente se trataba y cómo era posible que no te hubieras despedido de su cuerpo, si no me habías mentido una hora antes en los jardines al decirme que nunca habías visto un cadáver; pero el sonido de tu móvil y el nombre que apareció en la pantalla logró que desviaras tu atención y te pusieras de pie.

—Lo siento, es mi secretaria, lo tengo que coger. Salgo y vuelvo en un segundo.

Te esperé entretenida con el menú plastificado de la pizzería, que anunciaba las *pizzas* en italiano y en japonés. Temeraria —insensata, más bien— intenté encontrar alguna equivalencia entre nuestros vocablos y los ideogramas mientras en un rincón oscuro y remoto de mi cerebro, tu misteriosa biografía hundía sus raíces filosas como anzuelos. No sabía que mi vida estaba a punto de saltar por los aires.


—César ha buscado refugio en la Embajada y se ha declarado culpable.

Recupero tu voz, comunicándome semejante despropósito, y regresa a mi mente la imagen de Hideki Kagawa, su cuerpo fibroso y húmedo, sucio para siempre, como el del superviviente de una hambruna. La única vez que me había sonreído, lo había hecho porque no le había quedado más remedio, dedicándome una mueca cargada de ironía y resignación con la que, lejos de congraciarse conmigo, me había provocado un instintivo terror.

Cuando volviste a buscarme al terminar tu llamada, no levantaste la vista del suelo hasta que no estuviste a dos centímetros de mí y entonces, sí, me miraste, porque ya no te quedaba más remedio. Hacía un buen rato que la hora de las comidas había pasado y el local, aparte de por nosotros y el mínimo personal para servir a los rezagados, estaba vacío. Poseía en su repentina soledad el desamparo de una sala de espera y, como ella, se hallaba cargado de una energía imprevisible.

—César ha buscado refugio en la Embajada y se ha declarado culpable. Dice que él mató a Noriko.

No me pusiste la mano en el hombro, ni acompañaste aquella información demoledora con palabras que persiguieran mi consuelo, así la grabaste en mi memoria para una eternidad.

Yo no hablé.

Y tu reaccionaste muy deprisa.

Recogiste tus cosas e, imitándote, yo recogí las mías. A continuación me indicaste cuál sería el siguiente paso:

—Te llevaré al hotel.

—Me gustaría ir contigo. Quiero hablar con él.

—Él no quiere verte.

De repente me di cuenta de que yo te daba miedo. Para salir de la pizzería, te situaste detrás de mí y me sujetaste el codo derecho con suavidad, como si temieras que intentara escapar, que saliera corriendo, que quisiera alejarme de ti lo máximo posible. Ignorabas que me había quedado sin fuerzas.

# EL CUARTO DÍA

Tenías uno de esos todoterrenos urbanos, gigantescos y aparatosos, preparados para cualquier eventualidad del circuito, con el elevador infantil anclado en el asiento de atrás y un dinosaurio de plástico, de color naranja, vigilando desde el salpicadero. «Es un *Tiranosaurus rex*, nada más y nada menos, el favorito de Pablo», me aclaraste al darte cuenta de que me fijaba en él, orgulloso de la afición de tu hijo. La carrocería era dorada y brillaba cuando aparcaste delante del Grand Arc y te bajaste para abrirme la puerta e invitarme a salir. Empezaba a anochecer, sin embargo me dolían los ojos como si hubieran sufrido la intrusión de la luz agresiva de un interrogatorio, y me costaba mantenerlos abiertos. Asimilar la noticia de la confesión de mi marido me estaba fundiendo. Si me hubiera bebido dos litros de sake no me habría encontrado peor.

—¿Necesitas que te acompañe hasta la habitación?

Te ofreciste a hacerlo, pero yo supe que no querías y no te obligué, hasta te prometí seguir dócilmente tu consejo: cenar algo ligero, acostarme, descansar y esperar a que te pusieras en contacto conmigo a la mañana siguiente para, de nuevo, guiarme como si me hubiera quedado ciega.

Te equivocas si das por hecho que no pude conciliar el sueño. Caí rendida. Me desplomé sobre la cama, ni siquiera me cambié, lo único que hice fue apagar la luz. Así es como funciona mi cuerpo, adiestrado por César para no esperar nada de la rebelión. Llorar no sirve, suplicar no sirve, no sirve interrogarse acerca del porqué ni resistirse. No para mí. Esas actitudes conducen al nudo en el estómago y al miedo que al ser negado, al transformarse en aceptación, se ahoga como un grito.

Lo que hay que hacer es tratar de llamar la atención lo menos posible.

Obedecer.

Dormir.

Cuando me desperté, un resplandor rosáceo y gélido difuminaba el perfil de los objetos a mi alrededor. Amanecía y los corredores más madrugadores salpicaban el perímetro de los jardines del Palacio Imperial. A nueve pisos de altura parecían hormigas; diminutos seres vivos, protegidos por una telaraña de neblina, avanzando junto al foso que sitiaba la colina en el silencio de la habitación insonorizada y aún en la penumbra. Estaba sola y todo estaba frío.

Entonces fue cuando mi memoria, al ponerse en pie con lentitud, reprodujo tu voz: «César ha buscado refugio en la Embajada y se ha declarado culpable». Encendí la televisión y, en la pantalla, la imagen de un compungido Hideki Kagawa, en el centro de un semicírculo de micrófonos, se repetía en bucle, alternándose con un montaje de vídeo que, con los primeros compases de *La bella durmiente* de Tchaikovsky de fondo, recogía los momentos estelares de la breve existencia de Noriko Aya.

Hideki no era un hombre atractivo. Tenía un físico que se había quedado atrapado en la adolescencia, ridiculizando al inseguro adulto casi en la treintena en el que se había convertido, adicto a los *likes* en las redes y a multitud de sustancias mucho más peligrosas que su obsesión por la presencia en la web. Su dolor, cristalizado en la congestión de los párpados rasgados y las rojeces de una nariz afilada y sin carisma, carecía de empatía. La piel de su rostro, mate como la de un muñeco, de un enfermizo color amarillento, parecía de cera y apreciar de nuevo su tirantez me devolvió a la noche del estreno de *Wa* en Madrid y al tacto de su mano gélida, que se entretuvo unos segundos en la mía, como muerta, al presentarnos durante la recepción que siguió al *ballet* mientras nuestras parejas hablaban. Nosotros éramos solo su sombra. Sé que eso es lo que quiso decirme al dedicarme aquella sonrisa torcida que se insinuó en sus finísimos labios cuando, durante el cóctel, me sorprendió observándolo con inquietud: yo lo miraba a él, que apoyado contra una pared cercana a los servicios apuraba una copa, y él miraba a Noriko y a César, que charlaban distendidos, ajenos a la celosa y lasciva vigilancia de Hideki Kagawa. Pero entonces me descubrió. Se giró bruscamente, como si alguien le hubiera avisado del peligro, como si yo fuera un insecto asqueroso que se hubiera posado sobre su americana de firma y debiera aniquilarme de un manotazo, y al saberse también él vigilado, lejos de molestarse o ignorarme, me dedicó aquella mueca con la que parecía querer decirme: «Tú eres como yo».

Por supuesto, de inmediato rechacé semejante idea.

Quité el volumen del televisor con la esperanza de que la ininteligible voz en *off* que informaba por encima de la música se llevara con ella mi recuerdo. Un pitido sin origen, como el que se produce cuando se acoplan los micrófonos en un concierto, acompañaba mi percepción de todas las cosas.

En la oscuridad de la habitación, con mi mente dividida entre la mañana incipiente y los retales de la velada en que, dos años atrás, había conocido a Hideki y a Noriko, la sensación de irrealidad me convenció de que estaba viviendo una pesadilla.

No estoy segura, pero creo que me acerqué a la pantalla y con la palma de mi mano derecha tape la ágil figura de la bailarina, que cruzaba el escenario casi flotando, frágil e invencible a la vez; y ahí, sí, lloré.

Luego recibí tu wasap:

Espero que hayas dormido bien. Pasaré a recogerte en un par de horas. César quiere hablar contigo.

Aún no eran las nueve de la mañana cuando nos encontramos en el comedor del hotel, donde me había decidido sin pensar por el «Desayuno Japonés» del menú, quién sabe si en un intento inconsciente de rebelión contra la tragedia que amenazaba con enterrarme viva, de la misma manera en que los edificios destruidos por un terremoto sepultan bajo sus escombros a aquellos que, ajenos al colapso inminente, se hallan en su interior en el momento del temblor. Porque así era, aunque resulte difícil de creer para los que no me conocen más allá de mi imagen pública: yo habitaba la vida de César y solo su existencia en equilibrio justificaba mi identidad; un equilibrio que, de la noche a la mañana y a once mil kilómetros de Madrid, había estallado haciéndose añicos.

En cierto sentido, me comporto como un parásito.

Esa es la razón, intuyo, por la que me adapté con docilidad a tus instrucciones, que, desde el instante en que César se declaró culpable, no dejaron de ser órdenes encubiertas, las sustitutas perfectas de la voz siempre censora de mi marido.

Te avisé de que me encontrarías desayunando y únicamente tu sorpresa por el banquete que se desplegaba ante mí como un pequeño ejército logró que abandonara el enfermizo sopor con el que me había conducido desde que había abierto los ojos.

Estaba sentada sola a una mesa algo apartada, no me había duchado y llevaba puesta la misma ropa del día anterior; el pelo recogido en un moño torpe; y allí estaba toda aquella comida deliciosa de la que no había probado bocado: un cuenco de arroz al vapor, una tabla sobre la que descansaban un par de filetes de caballa braseada y un humeante tazón de sopa miso, que desprendía un agradable aroma. También había una taza de café, que no me había llevado a los labios.

—¿Puedo? —me preguntaste ya sentado frente a mí y señalando el café intacto.

Sin esperar mi consentimiento, con una avidez infantil que casaba a la perfección con los síntomas propios de tu reciente aseo matinal y me hizo imaginarte como el niño del barrio de Salamanca que seguramente fuiste, desayunando en la cocina de un piso con puerta de servicio, ya con el uniforme del colegio de curas puesto y a punto de salir, empezaste a trasladar a tu lado de la mesa platos y cubiertos.

—Claro, no sé por qué he pedido todo esto, la verdad.

—No pasa nada, me lo comeré yo —dijiste en un tono que aligeró el peso dramático de mi aspecto—, lo terminaré mientras subes a arreglarte un poco… —Hiciste una pausa y, sin desviar tu atención del festín, añadiste—: No dejes que él te vea así. Sube y cámbiate. No tengas prisa. Yo te espero.

El complejo de edificios que albergaba la Embajada y las viviendas de sus trabajadores estaba en Roppongi, una zona del centro de la ciudad en la que convivían las luces y las sombras, las embajadas de países importantes y uno de los circuitos de ocio nocturno más sugerentes de Tokio.

En japonés, *gaijin* significa «extranjero» y de ellos se nutría el apetito insaciable de Roppongi, que acogía durante el día a diplomáticos y turistas con trámites administrativos pendientes; y durante la noche a todo tipo de gente solitaria, nativa y pasajera, necesitada de la oscuridad de los locales de acompañantes. Allí, de madrugada, la sordidez fluía como un río, amortiguada por la estridencia de los neones, el gentío y el alcohol como telón de fondo de conversaciones con la consistencia de un gas inocuo.

Íbamos de nuevo en tu coche y, al ocupar el asiento del copiloto me arrancó una espontánea sonrisa comprobar que el *T. rex* en miniatura del día anterior «todavía seguía allí», en el salpicadero, impertérrito en su perpetua labor de vigilancia del mundo y repentinamente convertido en el símbolo amenazador de mi tragedia en curso, aún inconclusa; el nudo en el estómago que provoca el descenso por un tobogán interminable. En el enésimo intento por desviar de ella mi atención y agradeciéndote con el mío tu silencio formal, de escrupuloso conductor, me centré en el paisaje que discurría al otro lado de la ventanilla, modelado a base de cemento y rostros de una inexpresividad que solo podía ocultar tristeza y, sin dejar de interrogarme acerca de la escurridiza felicidad de aquel pueblo, hice un repaso mental de lo que había leído en las guías de viajes que, antes de volar, estudié a conciencia buscando el rastro de lo que a mí más me gustaba, al menos hasta que me había tocado convertirme en la protagonista de una: la historia de un buen crimen.

En Roppongi se había gestado uno de los más terribles de Japón, el de la joven azafata británica Lucie Blackman, que durante un tiempo trabajó como acompañante en el Casablanca, un emblemático club de la zona, hasta que en el verano del año 2000, sin dejar rastro, desapareció, víctima de la vileza del violador en serie Joji Obara.

—¿En qué piensas?

—En la desaparición de Lucie Blackman —respondí sin renunciar a la vistas de la ciudad.

—No sé quién es.

Me encogí de hombros:

—Tampoco importa mucho. Cuando no la infligen contra nosotros, olvidamos la violencia muy rápido, de forma involuntaria. Pasamos página con una facilidad asombrosa si la víctima es desconocida.

—Luego la buscaré en Google —concluiste poco convencido—. Ya estamos llegando.

Franqueamos una cancela de forja y ladrillo con la aprobación del guardia que la custodiaba desde una garita y que te reconoció con una moderada sonrisa cómplice. Así nos adentramos en un recinto donde la Embajada destacaba entre el resto de las construcciones, blanca, moderna y geométrica, probablemente concebida como un punto luminoso, aunque a mí solo me transmitió una corriente fría.

—¿Tú vives aquí dentro? —quise saber mientras accionabas el freno de mano.

—Sí, en una de las casitas que rodean la sede. Puedo enseñártela luego, si tenemos tiempo.

—Debe de ser como vivir en una burbuja.

—Sobre todo es cómodo. Del trabajo a casa tardo cinco minutos. No está tan mal. Además esta es una de las zonas donde la *sakura* estalla con más fuerza. En primavera viene gente de otros barrios a ver este. Vivir aquí puede considerarse un privilegio. Espera —me dijiste apoyando tu mano en mi muslo en un acto reflejo de impaciencia al ver que me disponía a bajar del coche—. Quiero prevenirte.

Un segundo antes me habías hablado de la *sakura*, el florecimiento espectacular de los cerezos, y ahora querías hablarme de la muerte; escapar de la banalidad, pensé, resultaba imposible incluso en los contextos más opresivos y traumáticos, de la misma forma en que mi vestido blanco, estampado de minúsculos insectos de colores e incluido en una maleta pensada para el turismo desenfadado, chocaba contra aquel marco formal y amargo al que el viaje, contra todo pronóstico, se había visto constreñido, la antesala de una perseguida confirmación: que César había matado a Noriko.

—Tu encuentro con César será extraoficial —dijiste adoptando el tono de voz de un espía e incorporando a tu gestualidad un exceso de emoción que me hizo pensar que tal vez disfrutabas de una situación que para ti no era más que un juego— y no sé hasta qué punto correcto, pero por lo visto tu marido tiene buenos contactos en el entorno del embajador y este, excepcionalmente, lo ha permitido. Podrás hablar con él en privado, sin testigos ni cámaras. Luego se lo llevarán.

—Está bien.

—Olivia...

—¿Puedo salir ya?

—Solo una cosa más. —De nuevo tu mano sobre mi muslo—. También se ha entrevistado con Hideki Kagawa.

—¿Y eso por qué?

—No lo sabemos. Él lo mandó llamar e Hideki accedió... En la declaración de César hay lagunas, creemos que miente y eso no nos servirá de mucho a la hora de defenderlo, pero confiamos en que a ti te contará la verdad.

Noté como se me humedecían los ojos y escondí la mirada conteniendo una arcada de ira.

—No, no lo hará...

—¿Tal vez porque él no la mató?

Como toda respuesta, presioné hacia abajo la manilla de la puerta, que se abrió con un sonido sordo, cediendo el paso a la mañana gris, que hasta entonces se había proyectado al otro lado de la ventanilla como una invención, y a una brisa impregnada por la huella de los árboles. Necesitaba respirar pero, aunque saqué las piernas fuera del coche, todavía permanecí sentada unos segundos, dándote la espalda, tomando aliento y asimilando una nueva idea de mí misma en la que se mezclaban debilidad y resistencia.

—Olivia... —insististe y yo reconocí con sorpresa en mí, al escuchar cómo repetías mi nombre, el característico impulso de sumisión que siempre arañaba mi interior y lo vaciaba por completo, aniquilándolo, al escuchar la voz de César; y supe que, si tú quisieras, podría aceptar que me encadenaras, exactamente igual que él lo había hecho veinte años atrás; una emoción del todo inapropiada y sin traza humana alguna, más bien animal; un deseo como un gruñido que anticipaba el placer y que nunca me atrevería a explicarte, previendo tu rechazo—. Ten en cuenta que este país es uno de los pocos del mundo en los que todavía se aplica la pena de muerte.

Otra cualidad básica de toda buena novela es que encierra un mensaje. ¿Lo sabías? Es una plegaria dentro de una botella, que la escritora lanza al mar, ¿o mejor debería escribir «una confesión»? El mensaje es el germen compacto y duro, ardiente, del que brotan todas las palabras como tentáculos. Es el núcleo de la Tierra. Ya entonces, al asistir a los primeros síntomas de tu escepticismo ante la versión oficial, tuve el impulso de hacerte ver cómo, para resolverla, era necesario podar la trama de lo accesorio hasta desnudarla y devolverle su apariencia de roca tallada sin cuidado con tan solo cuatro nombres: el de Hideki, el de Noriko, el de César y el mío; porque era en las escasas intersecciones de nuestras vidas, allí donde nuestros destinos habían colisionado los unos con los otros como brillantes y fugaces descartes cósmicos, donde se hallaban los fragmentos del código secreto imprescindible para descifrar las razones del crimen.

Tuve el impulso de contártelo, sí, pero me contuve y, en lugar de desahogarme, me limité a insistir.

Te exigí:

—Llévame con él. Hablaremos y luego volveré al hotel. No quiero estar aquí.

Y tú, que ya notabas en tu interior la acción corrosiva de la duda, vacilaste un instante y al final te diste por vencido.

# HOTEL ANDAZ, ÚLTIMO DÍA

Me ofreciste un pañuelo de papel con el que me enjugué las lágrimas. Después, viajé al pasado e inicié mi confesión para ti:

—Me compré un cuaderno y empecé un diario en la universidad —dije—, pero lo dejé porque me daba vergüenza. Cada día, cuando terminaba de escribir, intentaba leer el texto en voz alta y siempre me detenía antes de llegar al final. Lo que contaba era demasiado explícito, recrear lo que me estaba pasando era más insoportable que vivirlo por primera vez, e imaginarme como sujeto real de todo lo que describía me generaba un rechazo físico ante mis propios recuerdos. No podía creer que yo fuera esa mujer, nadie podría creerlo, pero al mismo tiempo quería serlo, quería que César me maltratara.

»Y él aprendió muy rápido.

—¿Qué tiene que ver eso con la conversación que mantuvisteis los dos en la Embajada, el día que te recogí en el hotel y te llevé hasta él, antes de que lo entregáramos a la policía? Al preguntarte sobre lo que te había contado, me di cuenta de que no me decías la verdad. —No había en tu impaciencia ningún reproche—. Apenas colaboraste con nosotros, te limitaste a respaldar punto por punto su declaración.

—Recuérdamela —te pedí sin privar a mi tono de cierto desafío.

—¿De verdad es necesario?

—Hagámoslo bien. Recuperemos todas las piezas del puzle. Recuérdamela.

—Si no hay más remedio… —accediste con un deje de desidia—. La versión de César ha sido siempre la misma. El primer día, cuando se refugió en la Embajada, nos contó que él y Noriko fueron amantes durante mucho tiempo, desde que se conocieron en el estreno de *Wa*, en Madrid. Por supuesto lo mantuvieron en secreto, para no haceros daño ni a Hideki ni a ti. De hecho, intentó olvidarla y volver a serte fiel, pero ese periodo sin ella fue decisivo para que se diera cuenta de lo mucho que la amaba. Así que decidió dejarte y compartir con Noriko sus intenciones más serias, por eso compró el anillo y, aunque ya te había prometido este viaje a Japón y te trajo con él a Tokio, no pudo resistirse y poco después de que aterrizarais se citó con Noriko en los Jardines de Hamarikyu, donde le confesó sus sentimientos y le regaló el anillo de oro y rubíes… ¿Hasta aquí todo bien? —quisiste saber con una ironía que preferí ignorar.

—Todo perfecto. Continúa. No te pares.

—Para sorpresa de César, Noriko lo rechazó. Le explicó que aquel tiempo separados, en el que él tanto la había echado de menos, a ella le había servido para comprender que el verdadero hombre de su vida, con quien debía compartir su éxito, era Hideki Kagawa. La negativa enfureció a César tremendamente, sus palabras exactas, recogidas en su declaración, fueron: «Nunca me había sentido tan viejo ni tan ridículo».

Así fue como permitió que la rabia se apoderara de él y, en un arrebato de furia, empujó a Noriko con tan mala pata que, en la caída, ella se rompió el cuello al golpearse contra la caja de herramientas abandonada por el jardinero. ¿Te cuadra por el momento?

—En líneas generales sí, aunque no olvidemos que los mensajes de wasap que conservaba en su teléfono lo obligaron a modificar esta versión sin alterar sus consecuencias. Falta que me recuerdes por qué le cortó las manos.

—Eso es lo que menos me creo de todo… —apuntaste rematando tu apreciación con un silencio, a la espera de una reacción por mi parte que no se produjo y cuya ausencia te obligó a seguir—. Trató de reanimarla, o al menos eso dijo, pero enseguida comprendió que estaba muerta y, lejos de amedrentarse, se dejó llevar por la ira y la urgencia de ocultar su responsabilidad en el crimen. Sabía que debía quitarle el anillo. Se lo había puesto al declararse, sin darle opción a rechazarlo, y de repente la joya se había convertido en la prueba flagrante de su relación con la muerte de la bailarina… Insistió en que, primero, obligándose a recuperar mínimamente la compostura, intentó sacárselo del dedo con «delicadeza», cito de nuevo la palabra exacta, pero no pudo. En mi opinión, más allá de cómo recuerde él la escena y su comportamiento, su visión no es fiel a la realidad. Si las cosas sucedieron así, en ese momento César debía hallarse fuera de sí, con adrenalina suficiente como para actuar de la misma manera brutal a la que lo habría empujado el efecto de una droga dura. Ansioso y frustrado por las numerosas tentativas fallidas de recuperar la joya, fue entonces cuando se fijó en el hacha y recurrió a ella, pero…, claro, pregunta retórica, ¿por qué conformarse con cortarle el anular, cuando podía cortale las manos y llevárselas como un trofeo?

—Demasiado cruento —protesté ante tu reflexión, acompañando mi comentario con una mohín de asco.

—Demasiado increíble, diría yo.

—Llevándose las manos se llevaba también las huellas, asegurándose de que su falta retrasaría la identificación del cadáver…, tiene sentido.

—Esa es tu deducción, propia de una curtida narradora del crimen, pero en defensa de mi incredulidad debo señalar que para reconocer a Noriko Aya, famosa en el mundo entero, no se necesita ninguna huella, y más teniendo en cuenta que tampoco puso mucho empeño en ocultar el cuerpo, con lo que su localización, estaba claro, no se iba a demorar lo suficiente como para que se desdibujaran los rasgos del rostro. No, César no recurrió a esa explicación, él mantiene que, al llegar a este punto, consciente de lo que se disponía a hacer, en un imprevisto arrebato de lucidez se echó a llorar y cayó de rodillas sobre la tierra húmeda, junto a Noriko. Todo muy teatral. Hizo hincapié en que empezaba a oscurecer y la brisa se había vuelto fría. Los troncos de los árboles, de repente, se habían teñido de negro y ya no parecían reales, sino planas siluetas de un decorado siniestro —añadiste sobreactuando—. Creyó oír no muy lejos voces infantiles y tuvo miedo de que una familia de paseo por los jardines hiciera su aparición en el claro diminuto y lo sorprendiera. Ante semenjante amenaza, consideró durante una milésima de segundo rendirse y quedarse allí sollozando, abrazado a su amada muerta, hasta que alguien los encontrara y diera la voz de alarma. Durante una milésima de segundo no le importó confesar, pero una milésima de segundo pasa muy rápido. Al instante siguiente, según él ya completamente ido de nuevo y ajeno a la posibilidad de ser descubierto, se impuso a su propia flaqueza para erguirse y dominar los estremecimientos provocados por el llanto.

»Había decidido en su trastorno que una parte de Noriko saldría del parque con él. —Aquí permitiste de nuevo que se afianzara un silencio dramático y lo aprovechaste para escrutar con pésimo disimulo mi actitud.

Yo permanecí impertérrita y, a regañadientes, decidiste continuar:

—Nunca antes había utilizado un hacha. Esta, que no hemos visto porque César insiste en que es incapaz de recordar dónde la ocultó, sabemos por el jardinero que no era muy pesada. Tenía la hoja de acero y el mango de fibra, recubierto de nailon azul para absorber los impactos. Estaba afilada y limpia (el jardinero era cuidadoso), pero aún así César se condujo con ella de forma torpe e inexperta, y el resultado fue una chapuza de amputación; un proceso del que él salió milagrosamente impoluto, sin manchas de sangre ni de tierra.

—Sin embargo su ADN estaba «en» Noriko —contraataqué imaginándome, sin poder evitarlo, a mi marido besando a la bailarina con la pasión que a mí, por sistema, me negaba—. Y es verdad que fue un chapucero, pero culminó la operación con éxito y, antes de meter las manos cortadas en su cartera y abandonar el lugar de los hechos, las protegió con la bolsa de papel de la librería del aeropuerto que casualmente llevaba con él. Por el cuidado con el que se condujo, es evidente que quería conservarlas.

—Sin embargo se deshizo de ellas de regresó al hotel, antes de encontrarse contigo.

Me encogí de hombros:

—Creo que, cuando se alejó del cuerpo y se perdió en la ciudad, se tranquilizó, abandonó ese estado de trance que describe tan bien en la declaración —sonreí sin mirarte, satisfecha de mi análisis—, se sorprendió de que nadie adivinara por su actitud que acababa de convertirse en un asesino, y empezó a ver las cosas con frialdad, de otra manera. Comprendió que quedarse las manos era la idea de un loco. Para empezar, temió que yo las descubriera, pero, por otra parte, le costó abandonarlas como si fueran basura, porque eran lo último que le quedaba de la mujer que más quería… A lo mejor se engañó a sí mismo y pensó que, si las escondía cerca del hotel, en aquel hueco inmundo entre dos edificios, en algún momento, cuando tuviera más claro qué hacer, podría regresar a por ellas.

—Eso sí que es un auténtico disparate.

—¿Por qué un disparate? —te insistí, permitiéndome ser condescendiente—. César es un intelectual y las manos son un símbolo, significan muchas cosas…, muchas veces son el puente que une a quien inflige el daño con quien lo recibe; un reducto de ternura; la única parte del cuerpo que escapa a la posesión y el sometimiento, y se mantiene en un terreno neutral.

—Frivolizas, te burlas de mí, hablas del tema como si se tratara de una de tus ficciones, pero esto ha ocurrido de verdad.

—¿No me digas? —enfaticé sarcástica—. Lo había olvidado.

—En la literatura la muerte es solo un juego, Olivia, y parece que es así como tú la afrontas.

Intuí la explosión inminente de tu enfado, una bomba de relojería injertada en tu pecho, a punto de estallar.

—«A menudo en la vida de una escritora la ficción y la realidad se confunden, son la misma cosa» —dije recuperando tus palabras—, eso es lo que tú mismo me has dicho, poco antes de pedirme que te contara esta historia desde el principio. Si me he quedado no es porque quiera burlarme de ti, es porque estoy dispuesta a ser sincera, a explicártelo todo, pero para eso necesito mirar mucho más atrás y que tú tengas un poco de paciencia.

Frunciste los labios en una mueca que acentuó tu barbilla puntiaguda, demasiado pequeña, poco atractiva. Tenías una boca bonita en una barbilla fea, marcada por una casi imperceptible cicatriz en la comisura derecha, que se contrajo cuando, considerando la pertinencia de mi desafío y planteándote si escuchar mi historia merecería la pena, clavaste en los míos tus incisivos ojos de ardilla y me escudriñaste con ellos hasta decidirte por el «sí».

—Si esto va para largo pediré algo de comer.

—Me parece bien, pero que sea japonés, nada de *pizza* o hamburguesa, que ya nos vamos conociendo.

—Adelante pues, soy todo oídos —me animaste magnánimo, persistiendo en la teatralidad—. Alejémonos de la escena del crimen todo lo que sea necesario para regresar a ella y comprenderla.

Bien, habías claudicado y yo te miré unos segundos expectante. Supongo que una parte de mí se resistía a ser descubierta. No quería que me rechazaras, como lo habían hecho todos los demás, conforme yo me había ido resistiendo a cejar en mi empeño de que César me amase, pero hallé en tus ojos una sonrisa invisible, un mensaje silencioso que me animaba a saltar al vacío…, al fin y al cabo, lo había hecho ya, así que decidí continuar.

—Memoricé un fragmento antes de destruir aquel cuaderno de mi época universitaria y silenciarme: «El placer se produce en el centro de mi cuerpo, en algún punto entre el abdomen y el corazón. Es un pequeño volcán que expulsa esquirlas incandescentes, como metralla, y se alimenta de tu desprecio».

—Es bonito.

—Sí, aunque escrito no significa gran cosa. —Me encogí de hombros—. Ese es el peligro que corre el deseo cuando intentamos atraparlo sobre el papel, se comporta como un fantasma, como un extraterrestre; se muestra ante un único testigo al que luego los demás no creen y tachan de loco…, pero tienes razón, es bonito, y al repetírmelo a mí misma en los momentos más difíciles del descenso me servía de ayuda.

—¿Del descenso?

—Eso es lo que ha sido nuestra historia de amor, la de César y la mía —te dije mirándote con desconcierto, atónita ante tu incomprensión, como si lo que no entendieras fuera el resultado de una suma de colegio—, la crónica de mi descenso, de una renuncia progresiva a todo lo que no fuera obedecer y soportar.

—Has dicho que nunca te pegó.

—Es verdad, eso he dicho, pero hay cosas más terribles.

»Conocí a César en tercero de carrera y me deslumbró. Él tenía treinta y cuatro años; yo acababa de cumplir los veinte. Era un hombre extremadamente culto, no sé si inteligente pero sí ingenioso, y no había tenido una vida feliz, aunque había logrado convertirse en uno de los profesores jóvenes más populares y, al mismo tiempo, con más prestigio de la universidad; todo eso a pesar de su mal genio y de una apariencia demasiado clásica, anticuada…, entonces se vestía igual que ahora, llevaba la misma barba, el mismo modelo de gafas de montura casi invisible…, como si siempre hubiera sido su versión final, sin necesidad de evolución alguna ni mejora.

»Me contó que había crecido sin padre y que su hermano mayor había fallecido en un accidente de moto cuando él todavía era un chaval. Me contó también, y esto te permitirá hacerte una idea de cómo es, que, el día que murió su hermano, tenía un examen de matemáticas al que no faltó y en el que le pusieron un diez. Para demostrar su tenacidad, le encantaba compartir con su círculo más íntimo este tipo de anécdotas. Luego, sin embargo, descubrías que era la clase de persona que lloraba con las películas, como si dentro de él convivieran dos sensibilidades distintas: una, a flor de piel, para los acontecimientos más superfluos; y otra para lo trascendente, casi muerta, no apta para la empatía, es más, dispuesta a aniquilarla con tal de salir adelante e imponerse en cualquier prueba.

»Era egoísta y celoso del talento de los demás, a pesar de no ser él un hombre gris. De eso me di cuenta enseguida, bastaba una conversación de café para escucharlo criticar el trabajo aplaudido de sus compañeros de departamento a los que, por otra parte, siempre trataba con respeto y camaradería; pero, lejos de ahuyentarme, su intolerancia y aquella inseguridad manifiesta ante las fortalezas de los otros me atrajo aún más, de la misma manera en que hay quien prefiere las ediciones con alguna tara o las piezas defectuosas, como si en esa incorrección se concentrara una energía mágica.

»Mientras estudiaba, trabajó mucho y en muchas cosas para pagarse la carrera y mantener a su madre, crónicamente deprimida. Por lo que sé, creo que le unía a ella un extraño vínculo, una mezcla de amor incondicional y multitud de reproches por la adolescencia y la juventud a las que él renunció con tal de acompañarla hasta el final. Yo, por suerte, no la conocí, aunque estoy segura de que no me hubiera querido. César me confesó que nunca llegó a presentarle a ninguna novia y, ante tal confidencia, me alegré en secreto, porque deduje que, de haber seguido ella con vida, él no se hubiera aventurado conmigo en nada sólido.

»Nuestra relación empezó sin darnos cuenta. Yo la empecé, porque me gustaba su voz, pero no como nos gusta la voz de un locutor de radio o de un tenor..., no..., la voz de César ejercía sobre mí una influencia sobrenatural, me arañaba por dentro, se colaba físicamente en las zonas más oscuras de mi cerebro, de mis órganos vitales; actuaba sin pretenderlo como la guía todopoderosa de un proceso de hipnosis —sonreí acariciando entretenida el cuello de la botella de cerveza—. Era la voz de Dios.

—Exageras —sentenciaste recostándote en tu asiento, sin apartar la vista del menú y mirándome de soslayo por encima de tus lentes de cerca, como si me hubiera convertido en el último ejemplar de una especie que se creía ya extinta.

—Es posible —reconocí. Había asumido que me ibas a tomar por loca—, pero el hecho es que, hará unos seis años, vivimos separados aproximadamente un mes, después de que yo lo pillara cometiendo su primera infidelidad..., al menos la primera que me consta —aclaré sonriendo de nuevo, sintiendo en la garganta la amargura—. Durante ese tiempo en que no lo vi ni me habló, menstrué tres veces, una cada diez días, y asumí que mi cuerpo, al margen de toda lógica, se había sometido a él y no estaba dispuesto a sobrevivir en su ausencia. Le pertenecía.

—Es horrible, pero lo explicas como si te hubieras alegrado al descubrirlo.

—Porque es así, me alegra, celebro que mi vientre esté atado a César por una correa transparente; y no me importa lo que pienses de mí, lo que pienses sobre mi concepto del amor, que nada tiene que ver con el convencional; no me importa que probablemente sea un concepto equivocado. Para mí el amor verdadero no espera respuesta y carece de límites, por eso es cruel, no es racional, en él no hay espacio para la reflexión, ni siquiera se elige, se acepta sin objeciones, sin lugar para la réplica..., eso es lo que César me enseñó. Quizás debí de salvarme en el comienzo, cuando aún era posible ahogar la historia, asfixiarla como hacían los miserables con los hijos recién nacidos a los que no podían mantener, pero no tuve fuerzas; yo misma me dediqué a alimentar día y noche mi obsesión en las conversaciones con mis amigas, que se reían de mí, acerca de lo atractivo que me parecía César; en mis propias ensoñaciones, que iban en aumento; al hablar con mis padres, a los que les costó aceptar que, a pesar de los valores que se habían empeñado en inculcarme, la figura ex cátedra de César hubiera eclipsado todos los estímulos. Acudía a sus tutorías y estudiaba Literatura Comparada como si de mi matrícula de honor dependiera la salvación del mundo; y me hace gracia porque, al recordarlo ahora y verbalizarlo, suena al encaprichamiento inocente de una cría; a un cliché sin valor literario alguno…, ojalá se pudiera fumar aquí.

—¿Fumas?

—De vez en cuando, siempre llevo un paquete en el bolso, pero aquí no lo he sacado ni una sola vez. Decidí contenerme cuando vi las «jaulas» para fumadores del parque Hibiya. De haberme metido en una de esas cabinas —argumenté recuperando el efecto de ciencia ficción que me había producido la presencia en el parque de una serie de cubos de cristal donde se hacinaban los fumadores—, César se habría avergonzado de mí y, probablemente, me habría castigado con su silencio. Ese silencio que me desequilibra era una de sus torturas más frecuentes y efectivas cuando se enfadaba conmigo: no decir nada, permanecer callado día tras día, debilitando mi resistencia hasta conseguir que cediera y me humillara reconociendo la culpa de lo que fuera con la docilidad de la víctima prolongada de un secuestro. Hambrienta. Necesitada de una palabra suya.

—Pediré el plato del mar, si te parece bien. Va cambiando según la oferta de calidad del mercado.

—Sí, está perfecto… y gracias.

—¿Gracias por qué?

—Porque no me estás haciendo sentir ridícula. Te limitas

a estar ahí, escuchándome impasible, como un cura que hubiera aceptado recibir mi confesión.

—Continúa.

No había parado de llover y los músicos habían vuelto a sus puestos de combate para darle un respiro a Ella Fitzgerad y reanudar la sesión de música en directo con una melancólica versión instrumental de *Nothing Compares 2 U*. En torno a la mesa, tras tu elección de la carta, se desplegó un eficiente y discreto equipo de camareros que, como mariposas, revoloteó a nuestro alrededor hasta dejarlo todo dispuesto para nuestra temprana cena, y yo me acurruqué en mi sofá, todavía alerta ante la certeza de que, mostrando mi vulnerabilidad ante ti, me sentía a salvo y, a la vez, sentía que estaba diciendo adiós. Sabía que había llegado el final del juego, donde ya solo quedaba rendirse.

—Luz de gas.

—¿Cómo?

—¿Sabes lo que significa? —te pregunté acariciando los cubiertos que habían dispuesto sobre sendas servilletas de tela rojas y captando al vuelo cómo te fijabas en mis uñas roídas.

—Vi la película hace ya mucho tiempo. Claro que lo sé.

—César me invitó a su casa después de incontables encuentros en el despacho del departamento y varios trayectos juntos en el metro de ida y vuelta al campus en los que se había acostumbrado a mí, y «acostumbrarse» es el verbo adecuado, porque él no me buscaba nunca, aunque la repetición de mi presencia había terminado por resultarle grata, una especie de extra añadido a su insulsa rutina de hombre soltero y voluntariamente retraído.

»Vivía en la parte norte de Madrid, en uno de esos barrios con comercios anodinos, de pisos caros y amplias avenidas, en los que siempre me ha parecido que el invierno es más invierno y la gente rara vez se saluda; una zona carente de alegría, donde las plazas tenían nombres de países latinoamericanos, a la que yo me comprometí a llegar haciendo un par de transbordos de metro.

»Aquella noche, en la que por fin tuvimos sexo, cenamos un picoteo frío, a base de fiambre envasado al vacío con marca de supermercado, bebimos cerveza enlatada y vimos *Luz de gas*, pero no en su versión más antigua, sino en la protagonizada por Charles Boyer e Ingrid Bergman[2], una de las actrices favoritas de César. El cine constituía una de nuestras excusas preferidas para el flirteo, un terreno más en el que yo exageraba mi ignorancia para permitir que él desplegara ante mí sus conocimientos como si fueran las plumas de un pavo real. En la película, un clásico en blanco y negro, ambientado en la Inglaterra victoriana, Bergman interpreta a una jovencita inocente y huérfana que, tras el asesinato de su tía, su única protectora, viaja a Italia y se casa con Boyer, el pianista ayudante de su profesor de canto. El romance parece idílico, pero en cuanto

---

[2] Existen dos versiones cinematográficas de la pieza teatral de Patrick Hamilton. La primera, dirigida por Thorold Dickinson, se estrenó en 1940. La segunda, de George Cukor, se estrenó en 1944 y es la que protagoniza Ingrid Bergman. Esta última versión, que en inglés se llamó también *Gaslight*, en español se tituló *Luz que agoniza*. (N. de la A.)

se celebra el matrimonio y la pareja se instala en la casa de la tía muerta, Bergman empieza a escuchar sonidos extraños, acompañados siempre por una notable disminución de la potencia de la luz de gas, y a cometer deslices imperdonables, que van minando poco a poco su autoestima y la vuelven insegura, hasta convertirla en un pelele en manos de su marido, el artífice de un malvado plan para incapacitarla y quedarse con su fortuna.

»Cuando terminamos de verla, ya muy juntos, el uno al lado del otro en un incómodo sofá de cuero negro, que parecía nadar a la deriva en aquel salón poco acogedor y sin apenas muebles, César me besó y yo me reí.

»Le dije: "A ti te encanta hacerme luz de gas".

»Yo quería jugar, pero él no me respondió, su semblante se había vuelto de piedra, impenetrable, y, ante su inexpresividad, me asaltó la duda sobre cuánto tiempo habría resistido sin sexo, hasta aquel beso torpe y ansioso que acabada de darme.

»—Ahora vas a ser una buena chica —dijo mientras se desabrochaba el cinturón con la frialdad del cliente de un prostíbulo y, sujetándome autoritario por la nuca, me obligaba a agacharme.

»Yo obedecí.

»Y así fue nuestro primer contacto íntimo, una felación; aunque César hubiera preferido que lo llamara "mamada"… Habría dicho: "Para ti, 'mamada' está mejor". Las putas son menos remilgadas, más explícitas, y eso es lo que yo soy.

»Soy una puta.

\* \* \*

Había recreado la escena con la vista clavada en mi sabrosa ración de vieiras doradas en su propia concha, salpicándola con brevísimas interrupciones para engullir y beber, pero sin el valor de mirarte a la cara y evaluar el efecto que mi relato estaba causando en ti. Era consciente de que, en varios pasajes de mi recuerdo, me había temblado la voz, víctima de una excitación que se resistía a la agonía y a la que le bastaba con evocar lo que fue para ocuparme de nuevo; y es que seguía siendo suya: yo era de César, y ahora sufría el olvido de los objetos que, con la marcha de su dueño, de repente ya no pertenecen a nadie.

En aquel mismo instante, de no haber estado tú a mi lado, «civilizando» la situación, si hubiera cerrado los ojos, creo que hubiera vuelto a escucharle sin demasiado esfuerzo: César diciendo «coño», diciendo «polla», diciendo «buena chica»…, diciendo «Si no te portas bien voy a tener que pegarte con el cinturón».

Con el brillo decadente de una estrella fugaz, la imagen de la primera vez que me masturbé para él se deslizó ante mí, acarició el dorso de mis manos y sorteó los movimientos compulsivos de los músicos, que profanaban sus instrumentos, para alejarse luego entre las grúas del otro lado del cristal, deshaciéndose en el cielo gris de Tokio, innombrable, como un fantasma.

—Continúa.

«Continúa, continúa, continúa»… De repente, tú también me dabas órdenes y también tu voz ejercía sobre mí la presión de la caricia en el lomo del caballo. ¿Podría arrodillarme para ti? La idea de jugar con semejante fantasía me animó a proseguir con docilidad mi relato.

—Aquella noche dejé de ser libre y me partí en dos. Vuelvo a menudo a ese momento de vergüenza que siguió a la eyaculación. César se levantó casi de inmediato, sin dar pie a impostadas muestras de cariño, y me dejó sola en el sofá, que tenía detrás una gran ventana por la que se colaba un manto de oscuridad absoluta. En él hallé mi reflejo, con la melena rubia despeinada y las mejillas encendidas por un placer no previsto, mórbido y cómodamente instalado en la humillación... Siento lástima de mí misma, me duele aquella cría que no supo escapar a tiempo, porque sé que debí irme, pero lo esperé; esperé su regreso a la sala y temblé ante su petición:

»—Ahora quiero que te desnudes y te masturbes para mí. Si lo haces bien, tendrás una recompensa.

Tienes que comprender que, en aquel momento, él podría haber hecho conmigo cualquier cosa.

A todo, yo le hubiera dicho que sí.


—No me obligues a explayarme más.

—Tranquila, ya te has explayado bastante y te creo y sé que sufres, pero necesito saber qué tiene que ver todo lo que me has contado sobre César con el asesinato de Noriko —insististe con una amabilidad fría, profiláctica, que acentuó mi sensación de irrealidad, como si ya fueras entonces el personaje en el que te he convertido, una pared necesaria contra la que lanzar la pelota.

—Solo le pedí dos cosas; bueno, tres: la primera, que nunca me fuera infiel; la segunda, que tuviéramos hijos.

—¿Y la tercera?

Habían llegado los cafés y los dos nos refugiábamos en la socorrida cadena de gestos para acabar de prepararlos: la leche, el azúcar, el tintineo de la cucharilla, la forma peculiar en que cada uno se apodera de la taza pequeña y la mantiene en alto hasta apurar con rapidez o sin ninguna prisa su ajustado contenido…, pero aquí sí que fui valiente y cacé tu mirada al vuelo:

—Que no tuviera piedad de mí.

Te expliqué cómo nuestra relación se consolidó contra todo pronóstico, a lo largo de un proceso bastante tortuoso, durante el que me obligué a ceder y a conformarme, y a ser dócil y callada, una vez entrábamos en casa y cerrábamos la puerta. Fuera, aprendí a desdoblarme y, mientras César ganaba prestigio y se afianzaba como uno de los intelectuales más respetados del país, al tiempo que refinaba sus gustos y renegaba del fiambre de marca blanca y la cerveza en lata, yo, que me sometía sin cuestionarlas a cada una de sus órdenes, creé a Lolita Richmond, dotándola de la independencia, el orgullo y las cualidades a las que, en la vida real, él me había exigido renunciar. Logré un inesperado éxito con *Basura interior* y me convertí no solo en un referente de la novela negra, sino también del feminismo.

—Tiene gracia, ¿no? —reflexioné—. Todo lo que soy es mentira. A nadie, hasta ahora, le había hablado de mi verdadera identidad. Puedes sentirte satisfecho, has desenmascarado a una impostora.

—¿Por qué no tuvisteis hijos?

—Lo intentamos, pero de forma natural no conseguí quedarme embarazada y César se negó a buscar ayuda. Dijo que no quería forzar las cosas…, en esa negativa radica parte de su sentimiento de culpa; el resto, el porcentaje más alto, descansa sobre las mil y una ocasiones en las que me fue infiel.

—Pero tú se las perdonaste todas —anticipaste inoculando a tu comentario una sobredosis de perplejidad.

—Todas menos la última…

—… Cuando se enamoró de Noriko Aya.

—Cuando se enamoró de Noriko Aya.


—Supe que volvió a verla después de *Wa*. Martín me contó que habían coincidido en el estudio.

—¿Martín?

—Martín Guidú, el famoso fotógrafo, un buen amigo. Aprovechando su paso por Madrid, Noriko, que acudió sin Hideki, contrató una sesión de fotos en el estudio que él acababa de inaugurar en la ciudad y se citó allí con César.

—En Hamarikyu me dijiste que no habíais vuelto a cruzaros con ella.

—Te mentí.

—Lo sabía.

—Pero ahora te estoy diciendo la verdad.

—Difícilmente se puede ser más torpe: citarse con quien va a ser tu amante en el lugar de trabajo de un amigo de tu mujer.

Sonreí.

—Difícilmente, sí, o tal vez no… Tal vez aquella forma transparente de concertar sus primeros encuentros, tanto

César como yo aparecíamos con frecuencia en las redes acompañados o acompañando a Martín, buscaba hacernos creer a Hideki y a mí que con ellos no pretendían nada más que saciar el repentino interés por la danza contemporánea que se había despertado en mi marido.

»En 1957 María Callas posó en el Hotel Ambassador de Nueva York para el objetivo de uno de los fotógrafos más glamurosos de la historia, Cecil Beaton. El resultado fue, entre otras muchas, una imagen en blanco y negro, que no tardó en convertirse en mítica. Era un primer plano en el que la diva, con el pelo recogido y un sencillo suéter negro de cuello alto, se sostenía la cabeza entre las manos y miraba distante a la cámara, como un animal sorprendido en su hábitat y lleno de desprecio hacia el incauto y molesto observador. Estaba bellísima, los labios carnosos, las cejas pobladas, pero perfiladas con un estudiado descuido… y aquellas manos blancas en las que destacaba un vistoso anillo en el anular de la izquierda.

»La tarde en que Noriko visitó el estudió de Martín, le pidió que la inmortalizara imitando la pose de la Callas y él, por lo general reacio a la copia, aceptó sin rechistar, rendido a sus pies, fascinado como todos los hombres por el encanto indescriptible de la bailarina, que tenía una voz de niña y se movía con levedad. Eso lo recuerdo muy bien, porque pensé en esa palabra cuando nos presentaron; pensé que Noriko era "leve", nada se detenía en ella, no arrastraba ningún lastre.

»La foto que le hizo Martín, idéntica a la que hizo Beaton salvo por la ausencia del anillo en el plagio, dio la vuelta al mundo. Fue la que apareció en los periódicos y las pantallas el otro día, cuando se conoció la noticia de que Noriko había muerto.

—¿Cómo confirmaste el engaño?

—Al principio me resistí a creerlo. Con respecto a las incursiones de César en el adulterio, mis emociones seguían invariablemente una pauta: la negación, la confirmación, la rebeldía, la aceptación y el olvido. Para culminar con éxito la segunda fase, solía recurrir a un detective; y para alcanzar la última, entrenaba mi paciencia, porque las aventuras de César, que él siempre negaba y yo evitaba poner en evidencia, solían diluirse como el azúcar en el agua y terminaban hundiéndose en las profundidades de nuestra historia, adoptando la textura de una especie de limo resbaladizo por el que era mejor no transitar.

»Pero con Noriko fue diferente.

»Después del aviso de Martín y algunos indicios de libro, sin escatimar en gastos encargué que lo siguieran y muy pronto tuve en la mesa de mi cuarto de escritura un sobre de Manila con una decena de instantáneas tomadas en distintas ciudades europeas. Con excusas torpes, César había viajado allí donde ella había estrenado *Wa*. Se habían visto en París, se habían visto en Londres…, se habían visto en Lisboa… y, valiéndome de aquellos gestos congelados y burdos, concluí que no debía comportarse con ella como se comportaba conmigo, concluí que aquella era otra clase de amor. —Hice una pausa y noté cómo se me humedecían los ojos—. Es terrible querer a alguien que no te quiere… o, peor aún, es terrible querer a alguien que te ha querido y, de repente, ya no.

—Nos ha pasado a todos —dijiste con tono tranquilizador mientras me ofrecías un nuevo pañuelo de papel.

—Sí, pero eso no lo hace menos doloroso.

—¿Se lo contaste a Hideki?

—¡No! —exclamé sintiéndome ofendida—. Aunque estoy segura de que él ya lo sabía, te lo dije cuando visitamos el templo. Creo que adivinó lo que iba a pasar mucho antes que yo. La noche en que los cuatro nos conocimos después del espectáculo en Madrid lo pillé observándolos. Su mirada concentraba una ira que entonces no entendí. Pero yo no se lo dije. No pienses que soy la clase de persona capaz de interferir en la vida de los otros para salvar la suya. Odio ese perfil.

—No lo pensaré.

—Vale —asentí más tranquila.

—¿Pedimos una copa?

—Yo siempre bebo negroni —te aclaré con una determinación infantil.

—Pues un negroni, no se hable más. Yo tomaré ginebra con hielo.

Me pregunto cómo debió ir cambiando tu opinión sobre mí a lo largo de nuestra conversación, que se parece mucho a esta, pero no es esta exactamente, porque lo que lees, aunque te devuelva a nuestro recuerdo compartido en el Andaz, no son más que las páginas de una novela y en ellas se esconden pequeñas concesiones para favorecer a la ficción. Ya hemos hecho hincapié en la importancia de la existencia de dos tiempos; y en la necesidad de combinarlos con acierto, para impedir que ninguno quede atrás; ahora debemos centrarnos en la música.

La buena literatura, sin música, no existe. No importa que la historia sea triste o cruel o sangrienta, hay un ritmo irrepetible y único en toda narración, y de encontrarlo depende la gloria de la novelista.

En esta historia, tú eres el ritmo, de la misma manera en que sirve de conejillo de indias el primer visitante de una exposición todavía no inaugurada al público; el primer receptor de mis miserias y de mis sombras.

Lo noté enseguida.

Te ablandaste en cuanto la infidelidad de César pasó a primer plano y tu cambio de actitud reactivó mi curiosidad por tu mujer muerta. Sobre ella me propuse interrogarte al final.

# EL QUINTO DÍA

Al día siguiente de nuestro desencuentro en la Embajada, volviste a buscarme. Era miércoles y la mañana anterior, probablemente descontento con lo que conté de mi cara a cara con César, no insististe en enseñarme tu casa y me dejaste al amparo de un conductor anónimo, que apenas me dirigió la palabra en el trayecto de regreso al hotel. Sentada en el asiento de atrás de aquel vehículo oficial sin dinosaurio en el salpicadero, negro y con los cristales tintados, llena de pesar por la inminencia de la detención formal de mi marido y su inevitable difusión en los medios y las redes, me pregunté si habrías desaparecido; si, como un anticipo de lo que me iba a ocurrir cuando regresara a Madrid, donde intuía que me esperaba el rechazo social, camuflado detrás de la compasión hipócrita de nuestro selecto círculo de amigos, habrías decidido alejarte para siempre, asqueado ante el aura macabra que envolvía a mi esposo en su nueva condición de asesino confeso y que me había salpicado también a mí.

Pero estaba equivocada.

No sé por qué me empeño en enumerar mis recuerdos contigo, si esta novela la estoy escribiendo para ti. Será porque ellos también soy yo, porque me rastreo igual que un sabueso en los hechos concretos que compartimos durante aquellos extraños días en Tokio, que siguieron su curso con la visita al Skytree.

—¿Y si hubiera sido Hideki Kagawa quien la mató?

No me avisaste de que vendrías.

El 22 de mayo de 2012 se inauguró la Tokio Skytree, la torre de comunicaciones más alta de Japón. Sugeriste que fuéramos a verla.

—Se puede subir y el panorama desde las alturas es impresionante —dijiste—. Te encantará.

Te resultó muy fácil dar conmigo, porque era obediente y, siguiendo las instrucciones que había recibido en la Embajada, no me había movido del hotel, como si yo también, en cierto modo, fuera prisionera. Debía permanecer localizable para la División de Investigaciones Criminales —el equivalente japonés a la española Sección de Homicidios y Desaparecidos—, que se había hecho cargo del caso, y, por otra parte, mi ánimo tampoco me impulsaba a la acción. La noche había transcurrido turbia, diluida en un sueño irregular e inducido por las pastillas, en el que no había logrado sumergirme del todo por culpa del calor de la habitación y la vibración constante, en la mesilla junto a la cama, del teléfono en silencio, que se había convertido en una presa de contención para las llamadas y los mensajes de consternación y asombro que no paraban de llegar desde Madrid; una presa a punto de ceder al empuje invencible del agua. Cuando cerré los ojos, sin embargo, ninguno de esos mensajes era tuyo; y tampoco me escribiste al amanecer, preferiste presentarte por sorpresa a la hora del desayuno, repitiendo aparición estelar en el comedor del Grand Arc.

—Te he traído *wagashi* de Toraya, la mejor tienda de dulces japoneses —dijiste, sustituyendo el tradicional «buenos días» con tu ofrenda, sentándote frente a mí sin esperar invitación alguna por mi parte y depositando sobre la mesa una delicada cajita—. Aquí no es costumbre tomarlos a primera hora, pero en España no sería tan raro. Además quería disculparme por mi insistencia de ayer. Cuando me lo propongo, me puedo comportar como un auténtico imbécil —concluiste enfatizando «imbécil», para convertir su pronunciación en el equivalente a un cabezazo contra la pared.

No te respondí nada, ni siquiera te miré. La tristeza severa actuaba como una losa sobre mi capacidad de reacción, ralentizando la percepción y los movimientos, y, a la vez, se había convertido en la excusa perfecta para justificar cualquier descortesía («No se lo tenga en cuenta, ¡su marido está en una cárcel de Japón!», me parecía estar escuchando ya ante mis futuros desplantes en Madrid), pero sí que me dejé conquistar por el glamur de la cajita, que abrí con movimientos lentos y cuidadosos, mientras tú, satisfecho por el éxito de tu regalo, me instruías:

—Los *wagashi* son dulces tradicionales, elaborados con una pasta de arroz que se llama *mochi*, y con *anko*, una pasta dulce de judías rojas, que aquí se llaman *azuki*.

—Pues parecen flores...

Y así era. Con un suave roce del cartón, había dejado al

descubierto una superficie blanca y cuadrangular sobre la que, equidistantes, se ordenaban nueve miniaturas, cada una de un color, todas en tonos pastel; algunas completamente esféricas y otras decoradas con pequeñas volutas y marcas milimétricas.

—Me recuerdan al mazapán —concluí sin dejar de mirarlas, con la ingenua expectativa de que, de un momento a otro, cobraran vida.

—¡Menudo sacrilegio! ¡Mazapán! —exclamaste despectivo y, ya sin poder contenerte, sin esperar a que yo te invitara a hacerlo, elegiste una de las nueve figuritas y la engulliste de un bocado—. ¡Uhmmmm! ¡Mazapán! —repetiste con la boca llena—. ¡Manjar de dioses!

Y entonces, sí, reí. Se me escapó una carcajada ante tu exceso y falta de etiqueta que atrajo las miradas censoras del personal y los adormilados huéspedes, porque cómo podía yo reírme, con qué derecho. En el hotel no quedaba ya nadie sin saber quién era, todos estaban al tanto de la carnicería que mi marido se empeñaba en atribuirse y, aunque el carácter japonés, aséptico a la hora de abordar las tareas profesionales y el trato con desconocidos, impedía a quienes nos rodeaban manifestar su disgusto ante mi histriónico comportamiento, algo se densificó en el silencio pegajoso que sitiaba nuestra mesa convirtiéndola en una isla.

—¿No los vas a probar? —me preguntaste mientras tus dedos sobrevolaban las ocho piezas que aún sobrevivían.

—No, no tengo hambre.

Te encogiste de hombros y miraste de reojo la taza de café americano, a medio terminar, ya frío, que constituía el único elemento de mi desayuno.

—Ya veo. En cuanto he entrado he echado de menos el desayuno tradicional de ayer.

—Me conduzco por el método ensayo y error. Voy aprendiendo. Además, los… ¿*wagashi*?…

—Eso es.

—Los *wagashi* son tan bonitos que me daría pena comérmelos. A lo mejor, después. Pero tú no te cortes en repetir.

—¿Qué planes tienes para hoy?

—Intentar concentrarme y escribir en la habitación.

—Salgamos.

—Tengo que estar localizable.

—Se me ocurren pocas maneras de estar más localizable que conmigo. Vayamos al Skytree. —Sonreíste con benevolencia ante mi expresión reticente y ahí fue cuando dijiste—: Se puede subir y el panorama desde las alturas es impresionante. Te encantará.

—Yo no subo a las alturas.

—Entonces subiré yo; y luego daremos una vuelta por el distrito de Asakusa. Te encantará igualmente.

Cuando te conocí mejor, descubrí que tus lugares favoritos de Tokio eran los *jazz kissaten*, recónditos cafés donde el culto al *jazz* cristalizaba en interminables estanterías repletas de discos dignos de coleccionista, en los que a menudo no se permitía hablar a la clientela, a la que se le facilitaba papel y lápiz para comunicarse con el barista, no fueran las conversaciones a perturbar la escucha de la música. El refugio perfecto para un hombre solitario.

Pero allí no me llevaste nunca.

Para mí elegiste la clase de escenarios huecos e impactantes que se muestran a quienes no deseamos desvelar demasiado de nosotros mismos porque, al menos al principio y todavía en aquella mañana de miércoles, a pesar de tu admiración por Lolita Richmond, para ti yo no era más que una misión, el contenido de tu jornada laboral; una desconocida; y de la misma manera en que te hubiera causado pudor desvestirte ante mis ojos, procuraste mantenerme a salvo de la ciudad desnuda, de los rincones que hablaban de ti, y me guiaste por un Tokio convencional y no muy diferente al que había imaginado tras la lectura de mis guías, pero me conformé.

—Está bien. Dame un minuto, voy a por mis cosas.

—Fantástico, lo pasaremos bien.

Hice ademán de levantarme, sin embargo lo pensé mejor y me senté otra vez.

—¿Ocurre algo?

—¿Y si hubiera sido Hideki Kagawa quien la mató?

Tu respuesta fue desconcertante. Me dijiste:

—Eso está casi descartado al cien por cien. Mientras dormíamos, en España han confirmado la versión de César sobre la compra del anillo. Se le está poniendo muy crudo.


Mis experiencias en edificios altos y atestados de turistas siempre han sido terribles y me han conducido al borde del colapso. Soy miedosa y bastante misántropa. Incorporarse a la multitud le arrebata al ser humano lo que tiene de tolerable. Subí a la Torre Eiffel y rocé el ataque de pánico; subí al Empire State y, aunque conseguí distraerme lo suficiente como para sacar un par de fotografías aceptables de las vistas de Manhattan, en ningún momento, igual que en París, logré expulsar de mi mente la posibilidad de la catástrofe y odié intensamente a todos y cada uno de los que estaban a mi alrededor, incluso a los que venían conmigo: mis amigos, los hijos de mis amigos…, de repente, seres con los que apenas unos minutos antes había compartido complicidad y risas se me antojaron insoportables. Los hubiera aplastado si hubieran sido insectos. Tuve que contenerme porque eran hombres y mujeres. Esa fue la explicación que te di para no subir al Skytree y que tú aceptaste con un escueto «Tú haz lo que quieras, ya subiré yo» que relacioné con tu descortés incontinencia ante los *wagashi* y se sumó a respaldar mi diagnóstico: sufrías una versión descafeinada del síndrome de Peter Pan y por eso te conducías con displicencia en las situaciones más inocuas.

—Puedes esperarme en alguna de las terrazas que rodean la torre. ¿Llevas algún cuaderno? Eres escritora, deberías llevar uno. —Asentí con un gesto, de nuevo desde el asiento del copiloto de tu todoterreno—. Genial, te pides un té e intentas escribir. De todas formas, yo no tardaré nada.

—Pero tú ya has subido antes, ¿no?

Tu respuesta llegó después de un imperceptible silencio en el que —imaginé— debieron rugir para ti los fantasmas que había despertado mi pregunta.

—Una vez, hace ya un par de años, cuando llegué aquí… Subí con mi familia, entonces todo era muy distinto, por eso quiero repetir el ascenso y casi te agradezco que me dejes hacerlo solo —me confesaste con una impúdica franqueza, sin desviar la atención del reproductor de música—. Creo que me emocionaré… ¿Ponemos a Coltrane?

—Coltrane me parece bien.

—Pues no se hable más: *A Love Supreme*. ¿Sabías que la última gira de conciertos de Coltrane, en el 66, fue por Japón? Diecisiete conciertos en catorce días.

—No, no lo sabía.

—Pues así fue.

Te incorporaste al tráfico con el saxo de Trane reptando entre nosotros y acariciando como una cuchilla la carretera junto a los jardines imperiales, que desfilaron a nuestra derecha con una incoherencia verde que empezaba a resultarme familiar: los ordenados corredores, que parecían un único corredor; el foso, la empinada colina, no demasiado alta, en la que, salpicada entre la cuidada hierba, una decena de uniformados jardineros trabajaba en cuclillas... Dentro del coche, hacía calor, y me fijé en tus manos fuertes y limpias, deslizándose sobre el volante con familiaridad. El cielo se nublaba a ratos y el ambiente estaba enrarecido. En los semáforos, se agolpaban ejecutivos sin expresión, mujeres sobrias, una anciana encorvada con una pesada bolsa de plástico sobre la espalda, en la que debía llevar ropa sucia; y una madre joven montada en un triciclo con espacio al frente para dos sillitas de bebé, dos gemelos dormidos. Todos inocentes.

—Cuéntame lo del anillo.

—La policía española se ha limitado a comprobar lo que César ha declarado aquí: que lo compró en la joyería Suárez, en una de las tiendas que tienen en la calle Serrano, la más cercana a la Puerta de Alcalá. Allí se acordaban de él —dijiste atento a la conducción, rematando la frase con una sonrisa torcida—. Al empleado que lo atendió le llamó la atención lo mucho que tuvo que ajustar el aro hasta que el cliente estuvo satisfecho. Noriko tenía las manos de una muñeca, los dedos de una niña.

—En los periódicos han recurrido al verso —intervine deteniéndome instintivamente en analizar mis propias manos, que no eran nada femeninas y en las que ya empezaban a reflejarse los estragos de la edad.

—¿Cómo dices?

—Digo que en los periódicos han citado el verso de Cummings: «Nadie, ni siquiera la lluvia…».

—«… tiene las manos tan pequeñas».


A pesar del tamiz lechoso del otoño y la omnipresente amenaza de lluvia, el símbolo visible de la congoja que, como la brea, lo cubría todo, aquel quinto día fue hermoso. Dejamos el coche en el aparcamiento subterráneo de un despoblado centro comercial, por cuyas estancias y galerías —algunas interiores, otras con cristaleras abiertas al paisaje de cemento y construcciones sin gracia del exterior— te condujiste con la seguridad de un *sherpa* al que hubieran enviado para rescatarme del infierno. La luz era amarilla y ningún rincón escapaba al hilo musical, interrumpido cada pocos minutos por una locución en japonés, que seguramente repasaba para los clientes las principales ofertas. Y yo me limitaba a seguirte. Caminaba a tu lado, un par de pasos por detrás; una distancia imperceptible que, sin embargo, complicaba la conversación y nos obligaba a avanzar en silencio. En nada, pensé mientras me esforzaba por adaptarme a tus rápidas zancadas, se diferenciaban mis sueños más incomprensibles de la realidad por la que transitaba contigo, como si para descifrarla fuera necesario prestar atención al detalle más mínimo, al elemento más insignificante; como si cada pieza, incluso la más diminuta, de aquel corriente escenario urbano estuviera dotada de significado y poseyera el valor de la obra estrella de un museo.

Atravesamos la sección de moda para adultos, un amplio espacio dedicado a la tecnología y una plazuela informe en la que se agrupaban tiendas diversas orientadas a los turistas, de entre las que me llamó la atención una dedicada al director de animación Hayao Miyazaki y su universo. El local tenía en la puerta un Totoro de tamaño natural, que se me antojó monstruoso, como si se tratara de un personaje fugado de una dimensión paralela, permeable y onírica, a la que, con solo un parpadeo, pudiéramos escapar para refugiarnos del horror. Fascinada, propuse entrar, pero no permitiste que nos detuviéramos.

Segundos después, nuestro recorrido concluyó en la gran explanada que rodeaba la torre.

El Skytree, casi tres veces más alto que el madrileño Pirulí, es una mole de 634 metros que refuerza su gigantismo al erigirse en medio de un área vacía, en la que, como única compañera, disfruta de una imponente pantalla para noticias y anuncios. Ese aislamiento le confiere un halo fantástico y lo convierte en una futura anacronía, el enigmático legado de nuestra era para una civilización desconocida, más avanzada y por venir; el decorado principal de una película de ciencia ficción.

Te aseguraste de que mi espera fuera cómoda. Casi todas las mesas de la terraza más cercana estaban libres y, aunque corría un viento frío, no me importó acurrucarme sin quitarme el abrigo en una de las sillas metálicas, encaradas a la inmensa construcción hacia la que se aproximaban parejas y familias, dispuestas a ser engullidas por sus puertas de metal y cristal, en dirección a las taquillas y los ascensores. He de reconocer, no obstante, que el ambiente era tranquilo e incomparable a la envolvente sensación de asfixia que caracteriza el entorno de algunos emblemáticos edificios occidentales, como si aquel lugar, de un modo mágico y, como todo Tokio, a pesar de su disciplinada superpoblación, continuara siendo secreto. Antes de dejarme para enfrentarte solo a la subida, entraste en el café y me pediste un *matcha latte* bien caliente, que yo agradecí rodeando con mis manos heladas el vaso de cartón, que ardía. Había aprovechado tu tiempo en el interior del local para desplegar sobre la mesa mi kit de escritora, integrado por un grueso cuaderno con las tapas de piel, que César me había comprado en Parione durante una de sus estancias profesionales en Florencia, un bolígrafo blanco y fucsia de Magic Books, en Brooklyn, y un taco de notas adhesivas de colores, de una papelería de Chamberí. Tal y como había previsto que ocurriría, mis «herramientas de trabajo» cautivaron a tu parte más frívola, que era capaz de deslumbrarse por el valor, la estética y la procedencia de los objetos. Por supuesto, conocías la papelería florentina y la librería de Nueva York, y te brillaron los ojos al recordar Madrid y sus escaparates más antiguos, enmarcados en madera y salpicados de letras doradas sobre el cristal esmerilado. Me hablaste fugazmente de tus recuerdos en aquellas ciudades de las que estábamos tan lejos y a continuación te despediste para subir. Dijiste: «Volveré enseguida».

Vi cómo te alejabas y las notas de *A Love Supreme* regresaron a mi mente, en aquel día nublado; y sonreí cuando, en tu decidido avance en línea recta hacia la entrada de la torre, se interpuso la algarabía de un grupo escolar: quince niños de no más de diez años, que ocuparon la explanada corriendo y riéndose, enloquecidos, colmados de energía tras su visión de la metrópoli desde las alturas, a los que a duras penas su profesor consiguió reunir en un improvisado posado para una fotografía, al que se sometieron a regañadientes y forzando la sonrisa, repitiendo a la vez «¡Skytree!» para el disparo del fotógrafo, y dispersándose a continuación, alejándose los unos de los otros en un juego sin reglas, con sus sintéticos anoraks y mochilas de colores chillones chocando contra aquella atmósfera blanca y gris.

Tratar de encontrar para su existencia un significado en nuestra historia, trascenderlos, resultaría pretencioso. Sin embargo, algo en mi interior me dice que debo dejar aquí constancia de que coincidiéramos con ellos, quizás porque hicieron mella en mi tristeza, como carroñeros, y, sin saberlo, me devolvieron a una duda constante en mi lista de motivos de insomnio: el hecho de que César y yo no hubiéramos sido capaces de engendrar una vida; la razón biológica incomprensible para nuestra condición de seres humanos por la que se nos había negado ese derecho que, de habernos sido concedido, habría alterado nuestras decisiones y, consecuentemente, nuestro destino. O dicho de otro modo: la certeza de que, de haber tenido nosotros un hijo, Noriko no estaría muerta.

Sin apartar la vista de los pequeños, me arrebujé en mi abrigo y permití que mi mente azuzara el dolor, convertido en carbón al rojo vivo, y recreara a César escapándose una tarde del mes de septiembre, pocas semanas antes de nuestro viaje, para elegir y comprar el anillo con la diligencia autoritaria que caracterizaba su comportamiento. Seguramente habría llegado en Cercanías o en metro hasta la plaza de Colón desde la universidad, o quizás lo habría hecho paseando desde nuestro piso en Chamberí, en el que me habría dejado escribiendo, con la excusa de airearse un poco y darse una vuelta por un par de librerías cercanas, donde por supuesto tenía cuenta abierta y lo saludaban efusivamente. Si fue así, si se escabulló de mi lado para traicionarme, yo debí creerle con la mansedumbre bovina de quien lleva mucho tiempo ciega y ha aprendido a no dudar de su guía en la oscuridad, que es a la vez su carcelero.

Nunca lo *conocí*. Nuestra relación no se basaba en el conocimiento del otro, sino en la fe. Mi devoción por él se diluía en el silencio y la miserable aceptación de cada una de sus reglas. Avancé un poco más en mi ensueño, mientras el viento de Tokio me arañaba la piel de las mejillas, enrojecidas por el llanto, y lo distinguí perfilándose entre la niebla de mi imaginación, con su inseparable cartera de piel en bandolera, sin otra protección que la de alguna de sus americanas de firma, abriéndose paso entre los transeúntes del populoso cruce de Goya, decidido, inmerso en el trance de un enamoramiento ridículo y juvenil, inapropiado para su edad y su prestigio y, precisamente por eso, vulnerable.

Y supe que aquel recuerdo inventado, que asaltaba la intimidad del hombre al que amaba y que jamás me había amado, siempre viajaría conmigo.

* * *

El templo más antiguo de Tokio es el Sensō-ji y está dedicado a Kannon, la Diosa de la Misericordia.

—Si la policía cuenta con una confesión sólida, la investigación se reduce al mínimo, prácticamente no existe. Y por desgracia para ti, siento ser tan brusco pero así es, Olivia, ¡la tienen! Ninguna confirmación oficial ha fallado a la hora de corroborar la versión de César —te excusaste encogiéndote de hombros, sin ocultar tu disgusto ante mi insistencia por introducir en nuestra conversación la posibilidad de que Hideki Kagawa fuera sospechoso.

—Lo sé…, sin embargo ayer, cuando me llevaste a la Embajada y hablamos en tu coche, creí que tú dudabas, que no lo veías culpable.

—Pues creíste mal. Además, incluso aunque tengas razón y yo no esté muy seguro de su culpabilidad, lo que yo piense o deje de pensar no cambia nada.

—Ninguna cámara lo grabó en los jardines.

—No, pero hay testigos, gente que reconoció a Noriko en Hama Rikyu, a pesar de sus esfuerzos con el estilismo por pasar desapercibida, y que ha identificado a César como el hombre que paseaba junto a ella. Si sumas esto al rastreo certero del anillo, hay poco más que decir.

»Ojalá fuera capaz de objetar algo —añadiste haciendo un alto en nuestra marcha y sujetándome el brazo con afecto, para dejar claro que tus palabras eran sinceras—, aunque me temo que no es posible.

Al regresar de tu visita al mirador del Skytree, era evidente que habías llorado, pero sorteamos con dignidad tu flaqueza, obligados como estábamos a permanecer juntos. Cada vez estaba más convencida de que tu misión era cuidar de mí y eso se traducía en la imposibilidad de separarnos, en la humillante obligación de exhibirnos el uno ante el otro con todas nuestras sombras; dos desconocidos condenados a compartir con impudicia un tiempo de amargura.

Fuiste parco en tus impresiones sobre la experiencia de volver a contemplar la ciudad a tus pies —te limitaste a afirmar, como si trataras de convencerte a ti mismo, que te había sentado bien— y propusiste, con ganas evidentes de cerrar aquel episodio y sin darme tregua, que nos sumergiéramos en nuestro siguiente destino: el distrito de Asakusa, donde se encontraba el Sensō-ji.

Ya era mediodía cuando sugeriste que dejáramos el todoterreno en el garaje del centro comercial y camináramos hasta el templo. Volveríamos a recogerlo después. Las nubes habían desaparecido para permitir el avance de una luz mortecina, como una placa de hielo, y querías que me sorprendiera con el contraste entre el escenario futurista que rodeaba la torre y el pintoresco vecindario que, a solo unos minutos de allí, latía a su espalda, al otro lado de un raquítico riachuelo que desembocaba en el río Sumida. Acepté y nos perdimos en un entramado de humildes y bulliciosas callejuelas, salpicadas de modestos comercios de cosas pequeñas: zapaterías, *boutiques* de ropa barata, tiendas de comida para llevar y restaurantes que, con la puerta abierta y el ruido de las conversaciones ininteligibles para nosotros escapando a las aceras, ocultaban su interior detrás de ligeras cortinas de tela. Aquel barrio estaba vivo, latía al margen del corazón de la ciudad, rebelándose con sus edificios bajos y ruinosos, su escaso tráfico y su gente despierta a pesar de la expresión generalizada de cansancio. Allí desentonábamos más que en ningún lugar. Era como si nos hubiéramos colado con nuestros trajes de fiesta en las cocinas de un hotel de cinco estrellas. Se trataba de la clase de paisaje costumbrista que el turismo no suele llegar a ver.

—Me gusta —te dije. Nos habíamos detenido junto al muro de piedra del canal, debíamos continuar en dirección al río, y todavía mantenías tu mano, cariñosa, presionando ligeramente mi brazo izquierdo—. Me gusta esta parte de Tokio, hay más verdad en ella que en todo lo que hemos visto.

Sorprendido ante mi cambio de tema, sonreíste y retomamos la marcha.

—Pues cuando nos acerquemos al templo aún te gustará más.


Pero no fue así, porque, cuando llegamos al gran puente que cruzaba el Sumida, la ciudad ya había vuelto a ponerse su máscara con la severidad de un actor de teatro *nō* y, en cierto sentido, había dejado de mostrarse, envuelta de nuevo en edificios de fachadas relucientes y diseños estrambóticos, como el Asahi, la sede de la cerveza más internacional de Japón. Mientras el sol jugaba a reflejarse en el agua con timidez y tú me animabas, entre el gentío y el sonido de los pájaros, a contemplar el espectacular panorama que se extendía a ambos lados del cauce navegable, salpicado de trazas doradas, se me ocurrió que Hideki, como Tokio a nosotros en aquel instante, ocultaba al mundo su verdadero rostro, un rictus en extremo desagradable, en el que debían reflejarse décadas de frustración, porque amar a Noriko desde la infancia solo le había supuesto sufrimiento, la clase de dolor soportable, pero crónico y lacerante, que acompaña a toda adicción.

Aceptarlo me daba rabia, pero así era: al menos en ese aspecto de nuestras relaciones, él y yo nos parecíamos.

Hideki Kagawa se había enamorado de Noriko Aya el día que la conoció, en el centro preescolar de Kamakura donde el azar quiso que coincidieran en la misma clase. Para el crío tímido que era, hijo único de un gélido matrimonio de arquitectos que dirigía su propio estudio e invertía la mayor parte de su tiempo en el progreso de su carrera profesional, el entorno bohemio y confortable de Noriko, que tenía como núcleo la bulliciosa escuela de danza de sus padres cerca de la playa, se desplegó ante Hideki como un campo de fuerza magnética irresistible, por el que no tardó en dejarse absorber.

Cuando somos niños, las palabras que califican lo abstracto nos resultan misteriosas. Nos limitamos a sentir y nos cuesta asociar la emoción al nombre correcto que la identifica, por eso el Hideki de tres años que estoy recreando para ti no pudo ponerse a salvo, desconocía las mil alarmas que se escondían en los vocablos que un adulto hubiera utilizado para describir el vínculo temprano que estableció con Noriko Aya y que ella se limitó a aceptar, con una conciencia instintiva de dominio.

Se hicieron inseparables, muy pronto él se adaptó a la única manera de permanecer al lado de Noriko: admirarla sin condición; y crecieron juntos.

Durante el curso, compartían compañeros y aula de estudio por las mañanas y, cada tarde, mientras Noriko asistía en días alternos bien a las interminables lecciones de flamenco que impartía su padre, bien a las de danza contemporánea a cargo de su madre, Hideki se refugiaba con los libros, la mochila y la merienda, preparada por la cocinera que trabajaba en su casa, en una esquina del salón de baile donde Noriko practicaba, e interrumpía cada pocos minutos su concentración en los deberes del colegio para quedarse embelesado viéndola bailar; al principio, mecánicos y repetitivos ejercicios, como letras aisladas de un alfabeto indescifrable, que ella se esmeraba, incansable, en trazar, deseosa de agradar a José y a Reiko; con el paso del tiempo, espectaculares diagonales y coreografías, que recorrían como una corriente eléctrica la menuda y encendida silueta de la niña que fue y que dentro llevaba una llama.

Con el paso de los días, los meses y los años, y tan lentamente que él apenas se dio cuenta, observarla terminó por convertirse para Hideki en su única dedicación. Lo paralizó para siempre, igual que un veneno cuyo efecto emulara la acción pausada y laboriosa de un gusano en el intestino, lo devoró en la oscuridad eterna y húmeda de las vísceras y le alcanzó el corazón, que dejó de latir por sí mismo para ponerse en marcha únicamente cuando Noriko le hacía caso y le regalaba un retazo de luz en medio de tantas sombras. Sin el más mínimo esfuerzo, de la misma manera en que César lo logró conmigo, ella lo convirtió en su súbdito.

En el verano pasaban un mes separados. Noriko viajaba a España con su familia y Hideki volaba con sus padres a Bali o a Borneo, donde su diario reflejaba el ansia por regresar al lado de su amiga. Mientras fueron pequeños, cuando al reanudar el curso la profesora de Lengua les pedía que leyeran en voz alta lo que habían anotado en sus cuadernos de vacaciones,

Hideki, estimulado por una pueril inocencia, se ponía de pie y compartía con el grupo lo mucho que había añorado a Noriko, y aquella indecorosa exhibición de su adoración sin límites provocaba que se rieran de él.

En público, ella no lo defendió nunca —ponerse de su parte hubiera contribuido a menguar el ascenso imparable de su popularidad, basada desde el principio en el desprecio—, sin embargo, cada vez que se quedaban solos, Noriko se comportaba con Hideki como si fueran los dos últimos habitantes de la Tierra y lo hacía reír, y se reía con él, dándole a entender que no podría estar mejor en ningún otro sitio.


—¿Cómo puedes saber todo eso? Te lo estás inventando, reconócelo.

—¡No!

Tu desdén ante mi repaso de la biografía de Hideki Kagawa me hizo gracia y, por un segundo, mientras nos adentrábamos en la concurrida avenida que terminaba en el Sensō-ji, flanqueada por alegres puestos de comida, baratijas y recuerdos, cuya actividad transcurría febril en medio de un contagioso bullicio, sentí que nadie, excepto nosotros mismos, era consciente en aquel lugar de nuestra insólita condición; nadie intuía mi tristeza ni el hecho de que no fuéramos más, el uno para el otro, que dos desconocidos.

Allí, como en todos los rincones del mundo donde la actividad cotidiana se imponía a la reflexión, ya habían olvidado a Noriko Aya.

—Compremos unas galletas, no sé cuánto tardaremos en

dar con un lugar decente para comer. —Me cogiste de la mano para que no nos separáramos y, desviándote entre la muchedumbre no sin cierta dificultad, alcanzaste el mostrador de una de las paradas y le señalaste al anciano vendedor, de entre las múltiples posibilidades, la bolsa de galletas que querías—. Son saladas, tradicionales, están muy ricas. Pruébalas.

—Lo leí en una revista del corazón.

—¿Que las galletas son saladas?

—¡No! —protesté aceptando tu invitación y abriendo el envase de celofán para coger una— Todo lo que sé sobre Hideki; lo contó él mismo en una entrevista que concedió la primavera pasada a propósito de su asistencia al Baile de la Rosa.

—¿El de Mónaco?

—Ese mismo.

—¡Madre mía! ¡Cuanto glamur y qué sorpresa! ¿Cómo es posible que te guste leer esa clase de revistas?

—Hay muchas cosas que no imaginarías que me gustan —te respondí encongiéndome de hombros y escuchando a mi espalda, con una nitidez digna de escalofrío, los reproches eternos de César sobre mis debilidades mediáticas y literarias—: los programas de cotilleo, las películas para la televisión basadas en hechos reales, las series con factura de Europa del Este… «Esa clase de revistas»… no suelo comprarlas, pero si caen en mis manos estando de viaje o en alguna sala de espera las devoro con verdadera fruición. Aunque no te lo creas, con frecuencia me resultan inspiradoras.

—Un placer culpable.

—Eso es, un placer culpable —confirmé satisfecha al saberme comprendida sin tener que justificarme.

—Cuéntame más sobre Hideki.

Avanzábamos con tranquilidad hacia la enorme linterna roja que, al final del paseo, presidía la entrada monumental del templo. Tú sostenías abierta la bolsa de celofán y nos turnábamos en cazar galletas. A veces, muy pocas, nuestros dedos coincidían en el intento y se rozaban, un contacto del que, casi con total seguridad, tú no eras consciente porque no te importaba lo más mínimo, pero yo sí. Sumé aquella sensación juvenil al sol de las primeras horas de la tarde y al aura leve y alegre, tan propia de los viajeros, que nos envolvía con la suavidad de un velo transparente, y una congoja espontánea, poco adulta, detonó en mi interior contra aquella insoportable visión de la belleza. Pero de esto no te dije nada. Preferí ceñirme al guion y continuar hablándote de Hideki.

—No hay mucho más, la entrevista me pareció interesante no tanto por sus declaraciones como por la nostalgia que se desprendía de ellas. El texto iba ilustrado con fotografías que él mismo había cedido, casi todas de su infancia en Kamakura: él y Noriko posando sonrientes ante el gran Buda Amida, todavía muy pequeños, o correteando por la orilla de la playa; él siempre persiguiéndola, detrás de ella… Supongo que hubo un tiempo en el que fueron felices.

—¿Piensas que ahora ya no lo eran?

—Pienso que Hideki sabía que Noriko lo engañaba y por eso la mató.

# HOTEL ANDAZ, ÚLTIMO DÍA

Llegaron el negroni y la ginebra, e hicimos un cauteloso brindis; nuestras copas eran las espadas de dos personas que las cruzan con respeto antes de batirse en duelo.

—¿Recuerdas o no lo que te conté sobre Hideki el día que me llevaste a Asakusa?

—¡Pero si solo me hablaste de él! De los mil detalles, ¿cuál es el dato fundamental y revelador que quieres que recuerde? —protestaste irónico.

—En aquella entrevista sobre el Baile de la Rosa, al que por cierto asistió sin Noriko, que esa noche estrenaba en París…

—O lo que es lo mismo, que esa noche estaba con tu marido.

—¿Me dejas terminar?

—Termina, pero reconoce que esa entrevista te llamó la atención porque ataste cabos y ubicaste a César cerca de Noriko.

—Eres cruel. No insinuaste nada de esto en nuestro paseo por el templo.

—Es que la confianza nos hace crueles y entonces no la tenía, pero esta tarde has prometido contarme toda la verdad y puedo preguntarte lo que quiera, así que confiesa: la entrevista te hizo sospechar. Reconócelo.

—¿Siempre dices «reconócelo»? «Reconoce esto», «reconoce lo otro»…

—Lo reconozco, siempre lo digo. ¿Sospechaste?

—Sospeché.

—Muy bien, ahora puedes continuar —accediste triunfal, sin esforzarte demasiado en ocultar lo mucho que te divertía la situación.

—Vale…, en aquella entrevista, casi al final de la conversación, la periodista sometió a Hideki a uno de esos cuestionarios absurdos que, a partir de una serie de preguntas aparentemente estúpidas, sacan a la luz las partes más íntimas del carácter del personaje en cuestión. Una de esas preguntas era: ¿con qué animal te sientes más identificado?

—Ah…

—La periodista le preguntó: «¿Con qué animal se siente usted más identificado, señor Kagawa?» —repetí—. Y él respondió: «Con el escorpión».

—¿Eso es todo?

—Al explicar su respuesta, Hideki dijo: «Hasta hace poco tiempo yo era simplemente una buena persona; ahora, creo que al empezar a desprenderme de la juventud, me he convertido en una buena persona que a veces no puede evitar hacer daño».

Agitaste con un rápido giro de muñeca el hielo en tu vaso y me dedicaste una mirada de caso perdido.

—Esa es la clase de declaración, muy japonesa por cierto, que llamaría la atención de Lolita Richmond. En una de tus novelas funcionaría como hebra de la que empezar a tirar del hilo, estoy de acuerdo, pero no nos vale para la realidad. ¡Olivia!, no son más que chismorreos publicados en una revista para leer en la peluquería. Vale, no creo que Hideki Kagawa sea una buena persona. En la investigación salió a la luz su pasado reciente, plagado de drogas y conflictos. Es un niño rico, un frívolo que vive de sus padres y acumula mucha rabia dentro. Por eso la transgresión se convirtió en su única manera de hacerse valer, de darse una mínima importancia delante de su novia, que era nada más y nada menos que la bailarina más famosa del mundo. En eso estoy de acuerdo, pero de ahí a que fuera capaz de desnucar a la mujer que ama... Ya te lo dije en Asakusa y siento volver a ser tan franco: sin conocerlos demasiado a ninguno de los dos, César me parece mucho más mezquino.

Era verdad. Era verdad y lo había olvidado por completo. Aquella mañana, después de visitar el templo, donde el recogimiento era imposible porque, de todos los lugares de Tokio a los que me llevaste, resultó ser el más turístico, nos perdimos por las caóticas callejuelas que lo rodeaban como un anillo de tiempo, y en las que la autenticidad y las trazas de un parque temático convivían en paz. Asakusa era el ejemplo más claro de la rotura de la ciudad en mil pedazos y de cómo su identidad residía, precisamente, en cada una de sus grietas. Existe una técnica artística japonesa, el *kintsugi*, que consiste en reparar los objetos volviendo a unir con polvo de oro los añicos para subrayar así, y no disimular ni olvidar bajo ningún concepto, que una vez estuvieron rotos. Quizás esa es la razón por la que Tokio se encuentra recorrida, en un mapa invisible al que yo tuve la suerte de acceder gracias a los itinerarios que escogiste para mí, Gonzalo, por un laberinto de caminos dorados, que destaca con orgullo sus cicatrices, la división de su territorio en un montón de mundos inconexos y efervescentes; todos en órbita. Quizás esa es la razón por la que me asaltó allí, en Asakusa, mientras buscábamos un lugar para comer, la misma sensación que tuve en el Museo Nezu, donde intuí, superpuesta a la ciudad espectáculo que inmortalizaban las guías, otra ciudad en la sombra, silenciosa y anclada en el pasado, como un bosque oscuro que todavía no se hubiera descubierto.

Eso pensé sin dejar de seguir tus pasos con devoción entre los comercios diminutos de productos artesanos, donde compartían escaparate los *souvenirs* de plástico con los populares kimonos y las, al menos en apariencia, incómodas *geta*, las sandalias que completan el atuendo tradicional y que en algunas tiendas estaban expuestas en la entrada. Las había de todas las tallas y ocupaban soportes verticales que me recordaron a los que en las ópticas se utilizan para exponer las gafas de sol.

Fue en aquel contexto un tanto folclórico donde, efectivamente, me hiciste partícipe de tu intuición al confesarme que César no te parecía «bueno». Ese fue el adjetivo que escogiste. Hiciste un pequeño alto en el camino, delante de una taberna que se convirtió en nuestro destino definitivo y en la que disfrutamos en la barra de un suculento filete de pollo con arroz al curri japonés, y antes de entrar levantaste tu mano para que me callara un momento, ya que no había parado de bombardearte con mis sospechas sobre Hideki, y me dijiste:

—Olivia, no creo que César sea bueno. —Te habías situado frente a mí para sujetarme por los codos con delicadeza. Así

140

me «desactivaste» y anulaste mi discurso con una eficacia pasmosa, puesto que, ante tu repentina afirmación, no se me ocurrió ninguna réplica—. Prométeme que ahora comeremos en paz y dejarás que te cuente los secretos del *kare raisu*.

—¿Eso qué es?

—El arroz al curri japonés. No tiene un aspecto tan apetecible como los *wagashi*, pero está delicioso. Ya lo verás.

Me diste la espalda y avanzaste unos pasos hacia la entrada de la taberna, pero te detuviste al comprobar que yo me había quedado atrás. Una familia de obesos turistas de aspecto anglosajón, con bermudas y cámaras colgando del cuello, cruzó el espacio vacío entre nosotros. A continuación lo hicieron dos mujeres locales, de mediana edad, ataviadas con sendos kimonos y pares de *geta*, como las que poco antes habíamos visto.

—¿No vienes? —quisiste saber sin hacer mención a mis ojos enrojecidos por un llanto incipiente, que reforzaba mi sensación de ridículo como partícipe de nuestra insólita charla, a medio camino entre el asesinato y la gastronomía.

—Dame al menos el beneficio de la duda. Yo acepto que César estuvo con Noriko en el parque, pero acepta tú que, tal vez, Hideki llegó después. ¿Y si César se despidió de ella en Hamarikyu, si no salieron juntos de allí, y fue Hideki quien la asaltó al final? Hideki pudo haberlos seguido, pudo haberlo planeado todo.


—¿Por qué te cerrabas en banda a la sospecha? En su relación, como en la mía, no existía el equilibrio. Noriko tenía siempre la última palabra.

Te desvelé un cuarto secreto, siguiendo con nuestra improvisada clase gratuita, que se intercalaba con mi confesión y la completaba, aclarando sus puntos más débiles, las partes del relato más incomprensibles: te pedí que entendieras que la literatura es como un campo de pruebas, donde se puede experimentar sin consecuencias la acción más vil. Sobre la página en blanco, la historia se transforma en una ecuación matemática, y sus actores, en elementos cuyo orden se puede alterar un número infinito de veces hasta dar con la combinación más *adecuada*, que es inevitablemente la *real*, sin que nadie salga herido. Lo que propicia este proceso es que, terminada la novela, el lector solo accede a la versión definitiva de la historia y la asume como única, pero en la mente de la novelista perviven como existencias paralelas todas las posibilidades barajadas, una miríada de destinos abortados junto con el que *sucedió* al final.

Quizás este método de trabajo tenga la culpa de que me conduzca de manera similar con la verdad, de que invente recuerdos y atesore la imagen de César que nunca vi, esa en la que cruza la plaza de Colón con decisión para ir en busca del anillo de Noriko, con las cosas que sí sucedieron. Pero ¿acaso no lo hacemos todos? ¿Acaso no rompemos a menudo lo acontecido para reconstruirlo en nuestra imaginación de forma más conveniente y amable para nosotros?

Por la misma razón, como si el crimen fuera uno de esos manuscritos antiguos que conservan las huellas de una escritura anterior borrada a propósito, un palimpsesto, yo arañaba la superficie de la versión oficial para negarla y me empeñaba en desplegar delante de ti otras alternativas, aunque tú, drástico, te negaras siquiera a tenerlas en cuenta. Aquella última tarde, en el Andaz, te pedí que me explicaras por qué.

A pesar del riesgo que suponía insistir en tu cerrazón, puse como condición para acceder a una segunda copa y continuar con mi relato que compartieras conmigo el motivo por el que considerar la implicación de Hideki en la muerte de Noriko te resultaba inconcebible, y tu respuesta, como las patadas suaves que se propinan a los prisioneros en la sala de tortura para negarles el sueño, me obligó a replantearme mi opinión sobre ti.

Algunas personas resultan difíciles de clasificar porque lo atípico de su comportamiento y sus reacciones, en apariencia erráticas y muchas veces contradictorias, las sitúan para el interlocutor en la fina línea que separa la extrema estupidez de la portentosa inteligencia. Tú, Gonzalo, eres sin duda una de esas personas, aunque nuestra última conversación sobre la hipotética culpabilidad de Hideki, aquella tarde en la que me hiciste comprender que mi regreso a Madrid iba a depender de tu silencio, resolvió uno de los dos misterios que siempre te acompañaban. Te revelaste como alguien bastante perspicaz y atento a los detalles, inflexible a la hora de dejarte engañar, ni siquiera por una popular escritora de novelas negras.

—¿Por qué te cerrabas en banda a la sospecha? En su relación, como en la mía, no existía el equilibrio. Noriko tenía siempre la última palabra y le había sido infiel. Ya te lo dije, pudo seguirla hasta Hamarikyu y sentirse de nuevo traicionado. ¿Cómo iba a imaginar que Noriko aceptó ver a César para rechazarle?

—¡Porque confiaba en ella ciegamente! —me respondiste

143

con una paciencia que estaba llegando al límite—. No sigas por ahí, Olivia.

—Entonces, ¿qué es lo que quieres, Gonzalo? ¿Por qué me has hecho venir? ¿Qué quieres que te cuente? La mañana en que me llevaste a la Embajada para que hablara con mi marido, me pareció que dudabas de que fuera culpable, y ahora me obligas a repasar punto por punto todo lo que ha ocurrido, pero negándote a considerar otras posibilidades.

—No me niego a considerar otras posibilidades, me niego a considerar «esa» posibilidad en la que te empeñas, me niego a considerar que fuera Hideki quien la mató… ¿Nada que decir? —Mi silencio te provocó un bufido de impaciencia y por fin destapaste la última carta—: No han hallado ni rastro de César en el anillo que Noriko llevaba puesto, Olivia, ni ADN, ni huellas… Es un hecho que él lo compró en Madrid, que estuvo con ella, que la besó o intentó besarla, que se abrazaron; el cuerpo y la ropa de Noriko se han convertido en un mapa perfecto de su encuentro, pero en el centro del mapa hay un agujero negro.

—Imagino que también habrán identificado el ADN de Hideki —rebatí bajando espontáneamente el tono de voz, como si me estuviera ocultando de un peligro y alguien, amenazador, se acercara a mi escondite.

—Por supuesto que sí, pero eso era previsible. Ese mismo día, el día del crimen, por la mañana habían estado juntos.

—¿Y qué quieres que te diga?

—Me conformo con que no niegues lo evidente. ¿Cuántas veces te has preguntado a ti misma y me has preguntado a mí por los porqués de la confesión de César, suponiendo que

144

mienta? Después de pensarlo mucho, a mí solo se me ocurre uno: si César se ha declarado culpable sin serlo, lo ha hecho para encubrir a alguien, para sacrificarse por alguien..., y por más vueltas que le doy no le encuentro sentido a que se haya inmolado por Hideki, pero sí a que lo haya hecho por ti. Creo que César se ha declarado culpable para salvarte.

No esperaste mi reacción. Sin mirarme, me cogiste el negroni y lo dejaste sobre la mesa para evitar que se me cayera al suelo.

—Tranquila —murmuraste con la dosis exacta de autoridad, apresurándote a sostener mi mano entre las tuyas.

Yo estaba temblando.


César no lo tocó, reverenciaba tanto el anillo que ni siquiera se atrevió a acariciarlo cuando se lo entregaron en la joyería. La idea se deslizó ante mí como una estrella fugaz y también como una broma de mal gusto, la jugada maestra de mi marido infiel y su amante muerta. Nunca vi a Noriko reír a carcajadas. Envuelta en un aura de estudiada sofisticación, rechazaba toda estridencia. Sin embargo, me dije mientras la angustia empezaba a engullirme como una planta carnívora y tú, sin palabras pero con una anticipada compasión gestual, me apremiabas a explicarme, su espíritu amputado e invisible debía estar en ese mismo instante retorciéndose en el suelo de la risa, burlándose de mí.

—¿Tampoco ahora tienes nada que decir?

La noche había caído. La oscuridad acentuaba el brillo de algunas superficies del local, que se habían convertido en espejos, y yo ocultaba mi rostro. Tu revelación había impactado sobre mí como un golpe físico e instintivamente había agachado la cabeza en un humillante intento por proteger mi intimidad. No quería mirarte, no quería acatar sin resistencia tu escrutinio, permitirte que hurgaras en mis emociones con la curiosidad gélida de un entomólogo. Pero tu mano continuaba sujetando la mía.

—Todo me parece un símbolo.

No sé por qué te contesté así. Los dos nos reflejábamos en la bandeja lacada que el camarero había olvidado en la mesa —imperdonable— al servir la nueva ronda. Ambos éramos sombras pero, mientras mi imagen se insinuaba patética, la tuya, con respecto a la primera hora de la tarde, cuando nos habíamos encontrado, permanecía intacta, contenida en ese aseo de colegial que te caracterizaba tanto: el pelo cortado casi al estilo militar, cuidadosamente peinado para disimular una incipiente calva; el afeitado perfecto; el traje sin una sola arruga… y aquella afectación que siempre te acompañaba en la medida justa para no resultar empalagosa, sino más bien chocante, el indicio de que pertenecías a otro tiempo, de que una generación nos separaba y teníamos maneras diferentes de concebir el mundo.

—¿Cómo? —insististe sin comprender, mientras yo, tratando de sobreponerme, me retiraba un mechón rebelde y sucio de la cara, y dejaba escapar un intento de carcajada que sonó inapropiado, como la risa de una adolescente pillada en falta, y que a ti te desagradó y te hizo insistir con más firmeza—. Olivia, ¿qué quieres decir?

—Lo que voy a contarte no me deja en buen lugar —me

excusé después de dar un trago—. No sé si aportará alguna luz a tu particular investigación, pero creo que es lo que debes saber ahora que me has dicho que César no tocó el anillo, creo que es importante que sepas por qué yo sí.


—Lo perdonaba siempre. Ya te lo he explicado antes, había una parte de mí que estaba enferma y lo infectaba a él. Lo hacía peor. Mi dependencia no era agradable, sino posesiva. César reconoció que le daba miedo. Una noche, después de castigarme, me confesó que, si aún no me había abandonado, era porque temía que yo hiciera una locura. Me dijo: «Si yo me marchara, me aterrorizaría día y noche la idea de que te suicidaras por mí, me pasaría las horas con los nervios a flor de piel, pendiente de recibir una llamada en la que alguien, un desconocido, me comunicara, después de confirmar mi identidad, que has muerto, y no podría vivir con eso». A esa sospecha le respondí con el silencio y eso lo asustó aún más. Pude leer en sus ojos que, con su confidencia, esperaba de mi parte el alivio de un par de palabras tranquilizadoras que negaran su afirmación, y yo no se las di. Pero no pienses que me callé para herirle; no buscaba venganza, ahora sé que no decir nada era la forma más civilizada de decir «Sí, así es, como en el mejor de los melodramas: si tú me dejaras, me mataría».

»Ahí tienes una prueba más de que nunca llegamos a conocer a nadie por completo… ¿Quién podría habernos imaginado a nosotros, paradigma de seres civilizados, miembros destacados de la sociedad, intelectuales de prestigio, protagonizando semejante escena? Y, de la misma manera, ¿cómo

147

podemos prevenir el comportamiento de quien nos precede en la cola del supermercado o nos toca por casualidad en el asiento de al lado de una gala benéfica? El mundo en el que nos está permitido existir por completo, ser nosotros mismos, es muy pequeño, tiene las dimensiones del camarote de un submarino cerrado a cal y canto, iluminado únicamente por una diminuta ventanita en su puerta hermética, por la que solo unos pocos pueden ver. César y yo fuimos el uno para el otro esa mirada inquisitiva e impúdica al otro lado del cristal, nos observamos como bestias, despellejamos nuestras máscaras hasta la sangre y los músculos, y nos destruimos.

»Lo que te cuento sucedió poco antes de este viaje, meses después de que yo confirmara su relación con Noriko y lo pusiera en evidencia obligándole a dejarla; una súplica a la que él, como ya había ocurrido en otras ocasiones, accedió, aunque esta vez la resaca del fin del romance se instaló entre nosotros como el ruido de un taladro bajo la ventana del salón donde nos echábamos a dormir la siesta en el sofá, y se quedó allí, sacándonos de quicio lentamente, mientras ultimábamos los preparativos de nuestra estancia en Tokio.

»En una escalada interminable, con cada nueva infidelidad descubierta y abortada, César recrudecía su tiránico comportamiento hacia mí, incrédulo ante mi irreductible docilidad y el placer que me provocaba su desprecio, que en cierto modo no dejaba de ser una retorcida estrategia de perdón, así que aceptó terminar con Noriko, pero a cambio me expulsó de nuestro dormitorio y me prohibió entrar en él sin su permiso: "Solo cuando yo te llame y, en cualquier caso, nunca sin que me informes previamente de que vas a pasar".

»Acepté. Nuestro piso tenía un cuarto diminuto para el servicio al que se accedía desde la cocina y que, carente de iluminación exterior, contaba con un neón que no hubiera desentonado lo más mínimo en una sala de interrogatorios. Era una alcoba rectangular y sin armario, en la que, junto a un somier metálico y un colchón desnudo, se guardaban la plancha, el tendedero plegable, el cubo, la fregona, la escoba y el recogedor. Contábamos con una empleada que se encargaba de la limpieza de la casa y con una cocinera que, tres veces por semana y cuando recibíamos invitados, preparaba los menús, pero no se quedaban a dormir. Una tarde, César volvió de la universidad con un par de bolsas de Alcampo. Había trasgredido su elitista código de conducta y se había diluido en el anonimato de un mundo al que tiempo atrás no le había quedado más remedio que pertenecer y que, sin embargo, ahora aborrecía, el de los grandes almacenes, los supermercados y las franquicias; y lo había hecho por mí, para garantizarme una humillación completa.

»Cuando llegó, yo estaba escribiendo en mi despacho y, a los pocos segundos de reconocer el sonido de la llave en la cerradura, lo oí gritar mi nombre.

»Leí en una novela que la esencia de nuestra identidad anida también en nuestra indumentaria. Cómo nos vemos refuerza lo que somos, nos ensalza o nos relega y nos hunde en la basura. No es casual que los uniformes carcelarios a menudo tengan estampados ridículos o colores chillones. Son el primer golpe contra la línea de flotación de los presos, el primer latigazo de un domador exigente, experto en arrinconar a la fiera.

»Acudí a su llamada y lo encontré en la habitación

minúscula. Había dejado las bolsas sobre el colchón y había empezado a revisar su contenido. Parecía satisfecho con la compra. Cuando me intuyó a su espalda, se volvió y me dedicó una sonrisa de suficiencia, que la luz del neón, azulada y dura, transformó en una mueca fría.

»—¿Qué estás haciendo? —le pregunté sin demasiadas ganas—. ¿Para qué me necesitas?

»—Hoy ya duermes aquí. Desnúdate. Cuando te hayas cambiado, te harás la cama. Mientras estemos solos, no quiero que vuelvas a llevar por casa otra ropa que no sea esta —dijo lanzándome un camisón color rosa chicle, de una tela burda—. Te he comprado quita y pon, y también tres juegos de sábanas. A partir de ahora, este será tu sitio.

»Había algo desafiante en el tono que empleó para darme aquellas instrucciones, como si en el fondo deseara que yo me rebelase contra ellas y pusiera fin a nuestro peligroso juego, liberándolo de su papel de torturador, pero no lo hice. Al contrario, sin pronunciar una sola queja, alimentando con mi obediencia el incómodo silencio que se había instalado entre nosotros cuando terminó de formular sus órdenes, empecé a desabrocharme los botones de mi chaqueta de cachemir.

»Hacía frío.

»—Espera, vayamos al baño, quiero que te desvistas delante del espejo, que lo veas como yo.

»Lo seguí por el pasillo hasta el aseo próximo al salón donde, a la derecha de la pila, había un espejo de cuerpo entero. Él se quedó apoyado en el marco de la puerta, observándome, y repitió: "Vamos, desnúdate". Me solté el pelo, que llevaba recogido con un pasador de carey —"nada de adornos superficiales"—; me descalcé y fui dejando, una a una, mis prendas caras y confortables en el suelo; luego me obligó a quitarme también la ropa interior, dijo que no quería que la llevara dentro del piso, dijo: "No he visto ningún animal que la lleve"; y antes de que me permitiera taparme con el camisón nuevo, exigió que, durante unos segundos, me enfrentara a mi imagen y sentenció: "Todavía eres una mujer atractiva, pero no perfecta. Nunca serás como ella".

»Entonces lloré y, sin pedirle permiso, me cubrí. El camisón que César había comprado me estaba pequeño y me marcaba los pechos caídos y el vientre. Era incómodo y su diseño juvenil me hacía más vieja. Retrocedí unos pasos y me senté en la taza del váter. Me protegí el rostro con las manos y di rienda suelta a mi llanto, repitiendo entre lágrimas y sin saber muy bien por qué: "Perdóname".

»Ante mis disculpas sin origen, se acercó despacio hacia mí y permitió que lo abrazara por la cintura. Me acarició la cabeza, fue clemente, me dijo: "Cálmate". Él permanecía de pie y yo sentada, por lo que mi cara quedaba oculta a la altura de su abdomen. Su olor, el olor de César, tan característico, me amordazaba y se diluía en mis labios y mis fosas nasales como una gota de sangre, orgánica, en el agua. No tardé en notar la erección y él no tardó en darse cuenta de que yo era consciente de que se estaba excitando. Se llevó las manos a la hebilla del cinturón y, desabrochándoselo, continuó arrullándome: "Mira en lo que te has convertido. Estás ridícula y me vuelves ridículo a mí. Menos mal que todavía hay una cosa que sabes hacer bien".

\* \* \*

151

—Aunque parezca de locos, con estas reglas recuperamos nuestro particular equilibrio. Durante el día, los dos resplandecíamos delante de aquellos que nos admiraban por nuestro trabajo. César seguía con sus clases y colaboraba con frecuencia en los suplementos literarios y la hora cultural de las tertulias radiofónicas; y yo asistía sorprendida por mi popularidad ascendente al colapso de mi agenda, plagada de presentaciones y clubs de lectura en librerías e instituciones de todo tipo, desde bibliotecas a institutos, pasando por centros penitenciarios y asociaciones feministas, para las que Lolita Richmond se había convertido en un ideal atípico.

»Pero, durante la noche, cuando el piso se quedaba vacío, a salvo ya de las empleadas domésticas y las constantes entregas de los mensajeros, que nos traían la compra y un sinfín de publicaciones y novedades editoriales que nos enviaban con la esperanza de que las sacáramos en nuestras redes sociales o las comentáramos con nuestros amigos, yo asistía nerviosa a cómo el reloj se comía los minutos para que César regresara y, a las ocho en punto, la hora en que terminaba sus tutorías y emprendía el trayecto de vuelta a casa, guardaba el archivo de la novela en curso, apagaba el ordenador y las luces de mi despacho, y me recluía en la pequeña habitación anexa a la cocina para cambiarme. Desde aquella primera vez que acabo de contarte, evitaba el espejo. Prefería "transformarme" en el cuarto que se me había asignado para dormir y esperar allí, sentada en la cama, mirando el suelo, los característicos sonidos de César llegando al rellano y buscando las llaves para abrir la puerta.

—¿Y después?

—¡Qué callado estabas!

—¿Para qué iba a interrumpirte, si lo cuentas tan bien? —me alabaste procurando sortear cualquier matiz dramático—. Lo que pasa es que me puede la impaciencia.

—Pues aguanta, que ya no queda nada… —te animé ahora ya imparable, sorprendida ante el alivio que me estaba procurando liberar mis recuerdos—. Después cenábamos juntos lo que la cocinera había dejado preparado e intercambiábamos algún comentario cortés sobre el transcurso de nuestra jornada… y, después…, después, salvo las contadas ocasiones en que me llevó a nuestro dormitorio para repetir escenas como la que acabo de describirte, la mayoría de las noches se cansaba de mí o de repente se daba cuenta de que, por un instante, había olvidado que yo era la responsable de su desdicha. Entonces cambiaba de actitud y me pedía arisco que recogiera la mesa y me retirara a mi cuarto porque necesitaba quedarse solo; y yo, cómo no, le obedecía.

—No sé cómo pudiste soportarlo.

Tu comentario me arrancó con brusquedad del trance en el que el relato me había sumergido y provocó que te mirara con desconcierto.

—¿Es que no has entendido nada? Lo soportaba porque, con cada uno de sus desplantes, al someterme con su soberbia incontrolable, César estimulaba en mí un placer indescriptible, ruin por lo pedestre, casi animal. Esa es la razón y no volveré a negarla, no después de todo lo que ha ocurrido; aunque reconozco que, durante aquellos días, mi mente trató de justificarse de otro modo más…, ¿cómo lo diría?…, quizás más «digno». Me decía a mí misma que no debía provocar con un comportamiento inapropiado que el viaje se cancelara, quería

153

venir aquí. Víctima de una ingenuidad casi enfermiza me repetía que, si lograba sacarnos a los dos de aquel entorno tóxico, mi fe bastaría para que nuestra relación se estabilizara.

»Y así llegó la víspera del vuelo a Narita.

»Desde la habitación de matrimonio de nuestro piso, vetada para mí, se ve la plaza de Chamberí. ¿Te acuerdas de ella? —te pregunté sonriendo al recrearla.

—Claro que sí.

—Es bonita. «Alegre», ese es un adjetivo que utilizan mucho en las agencias inmobiliarias, «Alegre». ¿Cómo se puede calificar un espacio de alegre o de triste? ¿Cómo se puede calificar de alegre una plaza? En la de Chamberí hay un parque infantil y a menudo servía de fondo a nuestras peleas el jolgorio de los niños, sobre todo en primavera, cuando empezaban a alargarse las horas de luz y los pájaros, engañados por la claridad, no se cansaban de piar. Era terrible.

»Aquella tarde César no fue a la universidad y me permitió acceder al vestidor, en el espacio prohibido, para que preparara mi maleta. Él abrió la suya en su lado de la cama y yo lo imité, utilizando el mío para abrir la mía y empezar a llenarla con cierta indecisión. Navegábamos por una engañosa calma y los dos nos afanamos en silencio mientras la muerte de la tarde amarilla se colaba con la brisa por los balcones abiertos. Las cortinas bailaban sobre el parqué y los tonos ocres del dormitorio, junto con la caoba oscura de los muebles, parecían desprender una vibración de alarma. De repente, él se detuvo en sus idas y venidas y me informó de que iba a poner algo de música. Se lo agradecí —¿qué otra cosa podía hacer?—. Lo vi salir hacia el salón en busca de los vinilos. Cuando volvió, llevaba en la mano las *Variaciones Goldberg*. Sacó el disco y lanzó la funda sobre la colcha de hilo con un estampado geométrico bordado a mano, de donde yo la rescaté para admirarla por enésima vez: recogía en una serie de pequeños fotogramas verticales decenas de imágenes en blanco y negro de Glenn Gould. "Este te lo regalé yo —dije—, el comienzo siempre me recuerda *El silencio de los corderos*". "Una de tus películas favoritas, es de la época en que me regalabas cosas que te gustaban a ti —añadió él repentinamente afable, encajando en su Samsonite un neceser con productos de aseo—. La música amansa a las fieras. —Y continuó—: Voy a bajar a tirar el reciclaje, le he pedido esta mañana al portero si podía encargarse él, pero lo ha olvidado y ya se ha acumulado mucho, no quiero que se quede aquí durante nuestra ausencia". Y yo, sin darle importancia a aquella justificación de su inminente marcha, concentrada en los primeros acordes de la composición de Bach, le dije: "Me parece bien", como si la invocación de aquel recuerdo amable y ya lejano me hubiera devuelto momentáneamente el derecho a expresar mi opinión y a que esta fuera respetada; una ilusión que él se apresuró a tirar por tierra reaccionando a mi comentario con una mirada de desdén.

»Cuando abandonó de nuevo la habitación, no llevaba nada con él excepto el teléfono móvil, que mecánicamente se metió en el bolsillo trasero de sus pantalones de pinzas. Se suponía que en cuestión de un par de minutos habría vuelto pero, ya desde el vestíbulo, me gritó: "Tardaré un poco, quiero dar un paseo para cansarme y dormir bien. —Y concluyó bajando la voz hasta un tono casi inaudible—: Este viaje me pone nervioso".

»Ahora sé por qué me dejó, saltándose él mismo todas las normas, estoy segura de que necesitaba hablar con Noriko, escucharla. Ninguna otra cosa le habría hecho perder el control. Vivía enganchado a ella, de la misma manera en que yo vivía enganchada a él y las escasas palabras que pronunciaba dirigidas a mí, por hostiles que fueran, ejercían un efecto de caricia que fuerza la calma. Lo que resulta irónico es que con aquel engaño para escabullirse forzara sin saberlo mi descubrimiento de la verdad y pulsara ignorante el botón de inicio de esta historia que te estoy contando ahora.

»Sola en la casa, vestida con uno de aquellos camisones chillones, ridículos e informes, como sudaderas elásticas, deambulé por el dormitorio con los ojos cerrados, dejándome llevar por Bach. Creo que me estaba volviendo loca. Lo supe al detenerme por azar y sin escapatoria delante del espejo de mi tocador, al que había renunciado para complacer a César, y contemplarme: la melena suelta y despeinada; los pies descalzos y las piernas desnudas y, sobre todo, el rostro mate, ya sin maquillaje y sin rastro alguno de dulzura, con una textura de cera y una expresión rendida, rayana en la demencia, en una deshumanización absoluta. Él me había conducido hasta un estado en el que de ninguna manera le hubiera podido resultar atractiva.

»No te negaré que sentí lástima por mí. Como si estuviera agonizando, pero todavía no muerta, se revolvió en mi interior el germen de un orgullo maltrecho y desahuciado. Me pedía auxilio, pero lo mandé callar. A menudo se nos olvida que diversión y placer no son sinónimos. Yo he vivido para este último, por oscuros que hayan sido los rincones hasta los que me ha obligado a ir. Aquella tarde no fue una excepción.

Aparté de mis pensamientos el dolor por la enferma en que me había convertido y volví a cerrar los ojos y a dar vueltas sobre mí misma poseída por cierta histeria, hasta que tropecé con la cartera de cuero de César, que descansaba en el suelo, junto a la cama, y caí sobre el colchón. Cuando me incorporé, asustada ante una posible represalia, me apresuré a enderezar la cartera y devolverla a la posición que ocupaba antes de mi tropiezo, pero entonces la vi e inmediatamente la reconocí: bajo su solapa entreabierta sobresalía una cinta de tela negra con el logotipo de la joyería Suárez, que es su nombre en tipografía mayúscula y gris. Lo sé porque, orientado por un invisible manual de instrucciones sobre cómo mantener las apariencias, no han sido pocas las situaciones a lo largo de nuestro matrimonio en las que, para subrayar la calidad material de nuestro afecto en público, en alguna de mis concurridas fiestas de cumpleaños o cuando he celebrado la consecución de algún premio, César me ha sorprendido con una joya, destinada a convertirse en coartada de nuestra unión.

»Pero, volviendo al dormitorio, una irracional oleada de alegría acompañó a mi descubrimiento. ¿Era posible que César hubiera comprado un regalo para mí y que estuviera esperando a que llegáramos a Tokio para dármelo?

—Por supuesto que no —respondiste a mi pregunta retórica con rapidez y un deje de tristeza.

—Por supuesto que no… —te confirmé con amargura y recurriendo al negroni para digerir la humillación con el alcohol— pero me hizo falta caer aún más bajo para darme cuenta.

»Con sumo cuidado, tiré de la cinta y saqué de la cartera lo que resultó ser una bolsa de regalo. No era más grande que un libro de bolsillo y tampoco pesaba mucho. Las asas eran de cordón y el logotipo de la firma, esta vez en blanco, el absoluto protagonista. En su interior se adivinaba un pequeño estuche y no lo dudé: tenía que abrirlo. Regresé al tocador y me senté, depositando la bolsita frente a mí. La música continuaba y la tarde había caído.

—¿Cómo lo abriste sin dejar pruebas que te delataran después?

Tu curiosidad me arrancó una fugaz sonrisa de picardía.

—¿Leíste *Crimen certificado*?

—¡Por supuesto que sí! La duda ofende. Es una de mis novelas favoritas de la serie de Lolita.

—Nunca dejará de sorprenderme que Lolita Richmond te guste tanto, creo que eres su lector más imprevisto, pensé que en las filas de su ejército de fans solo militaban un buen puñado de señoras.

Ahora fuiste tú el que te escudaste en la copa antes de replicar algo enigmático:

—En realidad fue mi mujer quien la leyó primero. Cuando ella murió, Lolita me sirvió de refugio.

—¿Qué quieres decir? —Esperé unos segundos, pero tú, que rehuías mi mirada, te mantuviste en silencio, así que insistí—: Creo que me merezco conocer esa historia.

—Eso ya lo veremos —aventuraste retomando el control de la situación—, antes tienes que terminar de contarme la tuya.

—¿Será posible que nos estemos haciendo amigos? —broméé, y tú, sin respaldarme pero visiblemente divertido, me apremiaste a continuar con un gesto—. Está bien. En *Crimen certificado*, Lolita Richmond, que tiende a relativizar el valor del derecho a la intimidad siempre que violarlo le sirva de ayuda para resolver el asesinato que le quita el sueño, se hace pasar por cartera de Correos durante una buena temporada e intercepta la correspondencia de su sospechoso principal, la abre antes del reparto y luego, a la hora de meterla en el buzón, vuelve a dejarla como nueva para no levantar sospechas. Los trucos que emplea Lolita los aprendí yo para poder escribir sobre ellos, aunque jamás pensé que me serían útiles algún día...

—Pero lo fueron.

—Lo fueron, sí. Aquella tarde, aunque después no quedaría rastro de mi profanación, con la lentitud propia de quien maneja material radiactivo desanudé la cinta de la bolsa y extraje el estuche diminuto, sellado en dos de sus esquinas por otras dos cintas más pequeñas. Estas fueron más difíciles de sortear, entre otras cosas porque mis dedos se volvían más torpes con los nervios y la avidez de descubrir la joya, pero finalmente lo conseguí y el estuche se abrió con un sonido sordo, de envase al vacío, mostrándome el anillo.

»Recuerdo que pensé que nunca había visto un anillo así. Dejé el estuche sobre el tocador, porque temía que me cayera al suelo, y permanecí inmóvil durante un instante, apreciando la iridiscencia del oro y los rubíes. Todos los colores de la noche temprana, los de la ciudad y también los del cielo, todas las luces confluían en él.

—Te pareces a Tolkien —puntualizaste para restarle peso a mi tragedia y haciendo gala de uno de los rasgos más destacables de tu carácter, una impredecible falta de empatía que, a menudo, quienes no te conocían confundían con la maldad.

—No, yo creo que me parezco más a Shakespeare —te

corregí sin molestarme por tu comentario—. Me darás la razón ahora mismo. Porque quise probármelo; consciente de que un temor incómodo, como los síntomas previos de un desvanecimiento o un vómito, se abría paso en mi interior a machetazos, sentí el impulso de confirmar que estaba en lo cierto al pensar que aquel regalo era para mí, así que extraje el anillo de su soporte aterciopelado, de un azul celeste avasallador, e intenté deslizarlo en el anular de mi mano izquierda, pero el anillo era demasiado pequeño... o no —reflexioné mirándote con incredulidad y, a continuación, observándome las manos con angustia—, es más correcto decir que mis manos eran demasiado grandes. Mis manos eran demasiado grandes, viejas y feas para él. No estaban a su altura.

»Aquella idea me golpeó con fuerza —te dije confirmando mi expresión de locura, mi mirada completamente ida, en la tuya de preocupación—. El anillo era para Noriko, que tenía "las manos tan pequeñas".

»El romance que mantenía con ella mi marido no había terminado.

»Transcurrió algo de tiempo. No tanto como para que César regresara y me descubriera, pero sí el suficiente como para que el disco se acabara y el dormitorio se quedara flotando sobre el rumor suave que generaba en la calle el inicio de la vida nocturna. Eso fue lo que me hizo reaccionar: la ausencia de música me sacó de mi ensimismamiento y activó mi rabia, el asco hacia mis manos descuidadas y sin uñas, mancilladas en las cutículas por los padrastros y las heridas casi microscópicas que me autoinfligía; manos deformadas por el gesto repetido de llevarme los dedos a la boca y destrozarlos; y también el asco hacia mi cuerpo y mi mente, los dos en un proceso aceptado de embrutecimiento.

»Me fijé entonces en el broche dorado que descansaba junto a mi cepillo del pelo. Debí quitármelo allí, después de alguna cena, antes de que César me condenara al exilio, y allí lo había olvidado. Estaba salpicado por una decena de minúsculas piedras violetas, de bisutería. Y quise clavármelo. Abrí el cierre e introduje la aguja en el pellejo entre el pulgar y el índice de mi mano izquierda; y lo atravesé. No sentí ningún dolor, aunque me notaba los ojos llorosos y las lágrimas resbalando por mis mejillas, protagonistas de un llanto antiguo y aplazado, al que ya no podía oponerle resistencia porque merecía salir. Pertenecía a la parte de mí que, a duras penas, se había mantenido en pie y no se había rendido, una parte de mí que ahora, por fin, iba a tomar las riendas. Como la noche ya se había apoderado del ambiente y no había encendido ninguna luz, la sangre brotó débil y oscura, durante varios segundos, en la penumbra. Fue su aparición la que me devolvió afortunadamente la lucidez y me recordó que no debía faltar mucho para que César regresara.

»Me limpié la herida y devolví la bolsa con el estuche y el anillo a su lugar, asegurándome de que todo en ellos pareciera intacto. No me los quedé, no quería enfrentarme a mi marido todavía y supuse que, antes de encontrarse con Noriko y entregárselo, él no podría resistirse a contemplarlo. Por eso me sorprende tanto que no hayan detectado en él las huellas ni el ADN de César. ¿Tanta admiración le inspiraba Noriko que en ningún momento, desde que lo compró hasta que se lo regaló en Hamarikyu, se atrevió a tocarlo?

—Solo él puede responderte a eso —te excusaste encogiéndote de hombros—, pero por lo visto así fue…, llegó a idolatrarla hasta ese punto. Deduzco que no se enteró de tu hallazgo.

—No, nunca supo nada. Con todo en su lugar y lejos del peligro —concluí buscando comprensión en tus ojos pequeños—, lo esperé sentada en la cama. Me temblaban las piernas, pero me obligué a serenarme para que no se extrañara.

»Cuando llegó, precedido por los sonidos del ascensor y la apertura de la puerta, mis cinco sentidos se pusieron alerta, sometidos por la costumbre de darle la bienvenida. De hecho, era tal el nerviosismo que se apoderaba de mí al intuirlo cerca, que a veces, a causa de esa mezcla de excitación y miedo originada por su inminente presencia, se me escapaban algunas gotas de orina. Pero aquella noche ya no. De forma mecánica, conté sus pasos por el pasillo hasta la habitación y noté cómo se me encogía el estómago cuando su silueta se dibujó en la entrada del dormitorio, donde yo continuaba en las sombras.

»—¿Por qué está todo apagado? Te vas a quedar ciega —quiso saber mientras pulsaba el interruptor que quedaba a su derecha para iluminar la estancia.

»—Creo que me he quedado dormida sin darme cuenta.

»—¿Qué te ha pasado en la mano? —preguntó señalando la tirita que protegía mi pellejo perforado.

»—No es nada. Me he lastimado con el cierre de la maleta.

»—¡Madre mía! —exclamó con un evidente hastío, desapareciendo de mi vista en dirección a la cocina—. ¡Qué torpe eres! Anda, deja de vaguear y pon la mesa.

# EL SEXTO DÍA

*El libro de la almohada* (枕草子) es el diario más famoso de la literatura japonesa y está escrito por Sei Shōnagon, una dama de la emperatriz Sadako, que vivió hacia el año 1000, durante la era Heian; y tú lo compraste para mí el sexto día. Fue un detalle bonito. El texto describe a partir de pequeños fragmentos y con levedad los entresijos de la vida en la corte. Además, incluye largas listas de objetos y sensaciones experimentadas por la autora, que parece anotarlas como si solo a través de lo realmente percibido pudiera transmitirle al lector la esencia de las cosas. Hay páginas enteras dedicadas a los nombres de los insectos; otras, a los nombres de las plantas, las flores y los pájaros; y muchas más ocupadas en describir lo agradable y lo desagradable de la existencia.

El fragmento número 96 de la edición que me regalaste, dedicado a las «Cosas placenteras», comienza así:

*Encontrar muchos cuentos que uno nunca ha leído o adquirir el segundo volumen de una obra cuyo primer*

*volumen uno ha disfrutado. Aunque a menudo uno que-*
*da defraudado.*

Te conté —¿cómo no?— que yo amaba los libros y, fiel a
mi pasión, nunca abandonaba una ciudad sin visitar sus librerías más características. Todas las guías de Tokio mencionan
Jimbocho como el destino más adecuado para los bibliófilos
que viajan a Japón. Es un barrio al norte de los jardines imperiales, donde librerías de primera mano, librerías de viejo y
puestos callejeros se suceden dejando al paseante atónito, con-
formando un denso tejido que recubre las calles y, desde el asfalto, trepa por las fachadas, que en su mayoría están forradas
de improvisadas estanterías donde se apilan centenares de volúmenes sin aparente orden.

Aquella mañana de sol, después de que me interrogara la
policía en el vestíbulo del hotel y antes de encontrarme contigo en Shibuya, paseé hasta Jimbocho yo sola y me olvidé del
tiempo en la librería centenaria Kitazawa, un local inmenso y
profundo, de techos altos, como un túnel estriado de señoria-
les anaqueles de madera, cuyo final era imposible apreciar desde la entrada. El fondo de Kitazawa, principalmente en japonés
e inglés, mezclaba las novedades con las ediciones usadas y las
de coleccionista, y flotaba en el silencio de aquel espacio que
parecía invitar al refugio de los viajeros que, como yo, no tar-
daban en sentirse aturullados por el bullicio del exterior.

La policía había sido amable conmigo y, más que interes-
arse por lo que yo podía aportar a la investigación, se había
dedicado a exponerme con la torpeza de una traducción me-
diocre las evidencias que, una a una, se iban confirmando para

respaldar la inamovible confesión de César. Tras prestar una educada atención a mi versión de aquella tarde en que llegamos al Grand Arc y César me abandonó tan pronto, con la excusa de ir a encontrarse con alguien en la universidad, me pusieron al tanto de su averiguación más reciente, basada en los mensajes de wasap que, desde su teléfono móvil, mi marido había intercambiado con Noriko. Leyéndolos era fácil trazar el recorrido que había seguido al dejar el hotel. Nada contradecía su versión de los hechos, si bien es cierto que el mensaje final, una nota de voz enviada por ella, me permitió mantener con vida la esperanza de que alguno de los investigadores decidiera no cerrar del todo la puerta a la posible implicación de Hideki.

La conversación estaba en inglés y se componía de fragmentos de texto muy cortos y sencillos, en los que César intercalaba con las cuestiones prácticas cariñosos arrebatos de romanticismo en una actitud que lo presentaba ante mí como un desconocido. Noriko era más comedida, pero no rechazaba la pasión de su amante. Se limitaba a recibirla como se acepta la respiración, que, por costumbre, aunque esencial, acaba por no tenerse en cuenta.

—¿Reconoce en estas expresiones a su marido? —me preguntaron para obtener una garantía innecesaria de la única hipótesis que barajaban sobre la autoría del crimen.

«No, no lo reconozco».

—Sí, es su teléfono —dije en cambio—, el tiempo del chat encaja con las horas previas y posteriores a su ausencia. Esto tuvo que escribirlo él.

Pero *no lo reconocía*.

¿Por qué me resulta menos impúdico escribir sobre la violencia de nuestra relación que sobre aquel amor, que era solo suyo, de César y Noriko, y, aunque no me pertenecía, se empeñaba en exhibirse una y otra vez ante mí con el descaro de quien, tras mucho tiempo reprimido, acaba rebelándose contra el opresor?

Los mensajes anteriores a la conversación habían sido borrados en lo que, según explicó mi marido en su declaración, se había convertido en una frecuente maniobra de seguridad para proteger su intimidad. En cuanto al móvil de Noriko, todavía no habían conseguido desbloquearlo, pero no esperaban encontrar en él nada que les hiciera cambiar el rumbo de sus pesquisas.

—Y lo último que ella le grabó, ¿no les hace dudar? —me atreví a sugerir dirigiéndome a la mirada transparente de la traductora.

«¿No les hace dudar?», me repetí a mí misma en la soledad intelectual de Kitazawa, mientras ojeaba una primera edición de *El mago*, de John Fowles, y me autoconvencía del despilfarro que supondría caer en la tentación de hacerme con ella.


—«Tengo miedo. Creo que me están siguiendo», eso es lo que le dijo Noriko, pero tú ya lo sabías.

—No, de verdad que no. Nadie me había hablado hasta ahora del contenido de los wasaps.

—Gonzalo, no tienes por qué engañarme.

—Nunca te engañaría —te rebelaste acusando el golpe de mi desconfianza y aguardando cauteloso mi reacción, que tardó unos segundos en llegar.

—Ella le pidió ayuda. No podía ser César a quien temía —reflexioné aceptando no sin recelo la defensa de tu sinceridad y diluyendo con la varilla de madera la nata de mi café *mocha*.

—¿Y cómo lo explica la Policía?

Aunque no me habías acompañado a Jimbocho, porque en la Embajada se reclamaba tu presencia, al tanto de la inquietud que me producía someterme al escrutinio del equipo de Investigaciones Criminales que llevaba el caso y deseoso de demostrarme que tu conocimiento del mapa libresco de la ciudad iba mucho más allá de las socorridas recomendaciones de las webs especializadas, como *Japonalternativo* o *Japonismo*, te empeñaste en que, un día más, comiéramos juntos y, con la promesa de mostrarme tu librería favorita, a salvo de las garras de los turistas, me citaste en uno de los lugares más cinematográficos de Tokio: el cruce de Shibuya.

Hay cinco pasos de peatones en el cruce de Shibuya, atrapados en el círculo de neón, encendido las 24 horas, que componen las pantallas y los rótulos de las fachadas que los rodean. Cuatro de ellos dibujan un rectángulo atravesado por el quinto, en diagonal. Más de un millón de personas los cruzan cada día.

Seguí tus indicaciones y, en Jimbocho, tomé la línea púrpura de metro. No tuve que hacer ningún transbordo. Bastaron seis paradas, no más de veinte minutos, para que el laberinto de túneles y colores del transporte subterráneo dejara paso a aquel rincón insólito del mundo, que yo ya había visto antes en numerosas películas.

Quien forma parte de una multitud es incapaz de apreciarla y asombrarse ante su cadencia orgánica, casi de ser vivo, que se asemeja en ritmo y lentitud al ordenado avance de los pájaros que vuelan en bandadas —algo parecido a esto pero mucho más refinado hubiera escrito Sei Shōnagon—, así que tú me aconsejaste escabullirme de ella para contemplarla desde arriba y me citaste en un Starbucks, una ocurrencia que inicialmente me desconcertó, pero que no tardó en desvelarse como un rotundo acierto. El mirador de la comercial cafetería, situada justo enfrente de la estación, ofrecía una espectacular panorámica de aquel baile urbano e infinito, que se alimentaba de los destinos y el ansia de un caudal inagotable de transeúntes anónimos.

—La Policía le preguntó a César por el mensaje y también por las llamadas perdidas a Noriko desde ese mismo teléfono, posteriores a la nota de voz —te aclaré—. Lo obligó a escucharla de nuevo y lo único que consiguieron es que modificara sin perturbarse su versión de los hechos, para que la súplica de Noriko no les hiciera dudar ni un segundo de su culpabilidad. Les dijo que su ataque de ira no fue tan repentino como en un primer momento les había contado, que llegó a despedirse de ella, a dejarla marchar suplicándole que, a pesar de su negativa, se quedara el anillo… y que fue esa imagen de Noriko alejándose de su lado de forma definitiva la que avivó su furia y lo impulsó a seguirla, porque era él quien la seguía; él era la amenaza a su espalda; él era, como ya les había confesado, el asesino. Después, para reforzar una futura coartada, la llamó varias veces, aunque sabía que ella ya no le respondería.

—Pero tú no te lo crees…

—No.

—Me lo temía —murmuraste con impotencia—. No me has dicho nada de las vistas.

—Son magníficas.

Sentados el uno frente al otro, con la pared de cristal a mi izquierda, tu perfil se recortaba contra el latido de la ciudad. Aquella mañana en que habías salido a mi encuentro directamente desde tu despacho en la Embajada, llevabas un elegante traje oscuro, que contrastaba con mis vaqueros viejos y mi ligera americana, color vainilla. Me sonreías.

—No es la primera vez —señalaste con un matiz de preocupación y ninguno de reproche— que tengo la sensación de que hay algo que no me cuentas. Intuyo que quieres hacerlo, creo que siempre estás a punto, pero al final te contienes y lo evitas… Olivia, sé que ni siquiera ha pasado una semana desde que nos conocemos, pero acabo de decirte que yo nunca te engañaría y así es.

—Hay muchas cosas que no sé de ti —te interrumpí a la defensiva.

—¡Por supuesto! Es imposible relatar en un puñado de paseos una existencia entera, pero que no lo sepas todo no significa que te haya mentido. Puedes confiar en mí. La pregunta es si tú me estás pagando o no con la misma moneda.

De nuevo concentré la atención en mi bebida, que empezaba a quedarse fría, y temerosa de incurrir en la debilidad de confesarte mis temores en aumento, cambié de tema:

—Sentada aquí contigo, con la evidencia de cómo el mundo sigue su curso al margen de este drama —me expliqué haciendo alusión a las vistas y dirigiendo mi mirada hacia ellas— me siento un poco como en *Lost in Translation*.

—De ninguna manera. Scarlett es una actriz fascinante y, aun a riesgo de que me crucifiques como políticamente incorrecto, una mujer muy atractiva, pero la película es una soberana tontería.

—A mí me gustó mucho —discrepé encogiéndome de hombros.

—Pues me parece fatal.

—Deduzco entonces que no me vas a llevar a ningún karaoke.

—No lo haré porque, gracias al cine, ya has estado allí y no creo que hayas volado catorce horas sin escalas, desafiando tu aerofobia, presente en el noventa y nueve por ciento de los comentarios que haces en Instagram, para conformarte con el Tokio que todo el mundo ve.

—Puede que no —acepté pensativa.

—¡Vaya! Ya he vuelto a mancharme sin darme cuenta —concluiste levantando tu corbata con fastidio. Era azul, con unas elegantes rayas rojas y, ahora, con una lenteja marrón justo en el centro—. Voy al baño, a ver si soy capaz de arreglar este desastre, y nos movemos —me animaste poniéndote de pie—. Tenemos media hora de caminata hasta Tsutaya Books y quiero que piquemos algo en el Monkey Cafe.

—Gonzalo.

—Dime.

—Lo que creo es que César, sin importar las pruebas que puedan esgrimirse a favor de su inocencia, siempre va a buscar la manera de atribuirse el crimen.

—¿Y por qué habría de hacer eso? Si tú sabes la causa, si tienes alguna idea, y creo que la tienes, a mí también me gustaría saberlo.

\* \* \*

Daikanyama.

Parece una palabra mágica.

Anduvimos bajo imponentes estructuras de hormigón, que sostenían vías y carriles de tráfico sobre nuestras cabezas. Tenían la apariencia de monstruosas serpientes alertas, detenidas en una tranquilidad engañosa, contemplando la frenética actividad que se desplegaba a su alrededor; la ciudad a la vez déspota y magnánima, tirana de cada uno de sus habitantes, todos ellos súbditos. Nadie miraba a los ojos. Nos cruzamos con colegialas que parecían salidas de la *Babel* de Iñárritu, con *salarymen* protegidos de la realidad por llamativos auriculares que los sedaban con música; había mujeres y hombres solos, algunos con ropa modesta y gris, otros con ropa cara y colorida, estrafalaria como sus peinados salpicados de mechas fucsias o azules; algunos protegían a los demás de su aliento enfermo con mascarillas; había viejos enclenques, que avanzaban despacio, en un constante desafío al equilibrio; y trabajadores públicos, dedicados a tareas que en Occidente hubieran resultado impensables, como concentrarse en la limpieza de los bordillos de las aceras. Pero nadie miraba a los ojos.

Me dijiste que se trataba de un atajo, que acortaríamos el camino, y yo te seguí. Había salido el sol, sin embargo su luz llegaba hasta nosotros tamizada por una ceniza imaginaria, que anclaba Tokio, a pesar de su derroche de progreso, en un estado arenoso y preindustrial. Así era como yo lo percibía. Dejamos atrás el cruce y la estación y nos adentramos en un barrio de callejuelas estrechas que parecía humilde en sus límites, pero se transformaba en su interior para descubrirse ante los intrusos que éramos como una sofisticada zona residencial, con cuidados jardines anticipando la entrada de las casas y los portales de los apartamentos. Allí no había rascacielos ni el comercio, aunque caro y presente con discreción, se imponía a la tranquilidad, absoluta protagonista. Predominaba el blanco. En nuestro recorrido, dejamos atrás aspersores encendidos, que regaban la hierba y acentuaban un aroma anacrónico a verano, porque este quedaba ya muy lejos. También vimos a un hombre joven, que se dirigía a alguna parte en bicicleta.

Habíamos llegado a Daikanyama y, al girar a la derecha, al final de una calle pulcra y silenciosa, como el resto de la zona, alcanzamos la librería, uno de los espacios de la cadena Tsutaya Books.

—La cadena Tsutaya tiene más de mil cuatrocientas tiendas en todo Japón, pero esta es diferente, su estética es muy especial —me informaste adoptando la actitud de un buen guía turístico.

Y tenías razón. El escenario, un complejo de ocio en el que imperaban la madera y el cristal, diseñado con una sobriedad que rebajaba las superficies a colores planos y los contornos a las más sencillas formas geométricas, se componía de varios edificios cúbicos. Dos de ellos, unidos por una pasarela cubierta, albergaban las distintas secciones de la librería, que decidimos visitar por separado para disfrutar cada uno a nuestro modo de la experiencia.

Cuando me dejaste sola tras acordar un punto de encuentro, inicié un vagabundeo perezoso entre los bancos en los que se exponían los gruesos volúmenes de las novedades de arte y gastronomía, sobre los que jugueteaba la luz del mediodía, que se filtraba oblicua a través de la fachada transparente, y permití que la suavidad del hilo musical acunara mi conciencia y la aligerara. De repente me sentí muy bien, como si una mano gigantesca y sin dueño me hubiera agarrado por el pescuezo para apartarme de un tirón y en el último momento de la trayectoria de una ola gigantesca. No había desaparecido el desconcierto, pero se imponía la intuición de estar a salvo. La tragedia que atravesaba había adquirido la densidad física de una tormenta perfecta en altamar pero, en Tsutaya, el océano se había calmado de golpe y las nubes negras se habían apartado para mostrarme el sol. Eran los libros los que ejercían sobre mí aquel efecto.

Y tú también eras responsable, junto con el hecho de que no hay un tono en la vida como en las novelas y yo quiero que esta novela se mantenga fiel a la vida, aunque esto pueda parecer vehemente y diletante e infantil; aunque así sea, he llegado a la conclusión de que no quiero esconder la felicidad que, si bien fue escasa, también se presentó durante el viaje, la mayoría de las veces gracias a ti.

Empleé mi tiempo en relajarme con el tacto de las hojas satinadas de un manual de caligrafía y después deambulé al azar entre las grandes cantidades de ejemplares que se exponían en los bancos y las más discretas de las estanterías, hasta tropezar sin pretenderlo con la sección de libros en inglés, donde no puede evitar buscarme a mí misma, y allí estaba: la traducción de *Basura interior*, *Inner Rubbish*, publicada por Harper, un par de baldas por encima de otro título que llamó mi atención enseguida y me descompuso: la misma edición de *Siete cuentos japoneses*, de Tanizaki, que, antes de volar, me había regalado César.

¡Pufff…! La sensación de bienestar desapareció de golpe, haciendo gala de una consistencia no mayor que la de un espejismo y dando paso a un sudor frío que se apoderó de mí y me empapó la ligera camisa de seda bajo la americana. Mi temperatura interior descendió en milésimas de segundo y, por un instante, pensé que me desmayaría. Con disimulo, me apoyé en las baldas y descargué mi peso sobre el mueble mientras me repetía como un mantra «No te vas a caer», y trataba de vaciar mi conciencia para expulsar el recuerdo de mi marido en el aeropuerto de Barajas, entregándome con desgana aquellos relatos, protegidos por una bolsa de papel reciclado con el nombre de la librería del *duty free*, donde los había comprado.

Cuando apareciste, ya casi había recuperado el control.

—El hecho de que tengan a tu Lolita es uno de los motivos por los que adoro este lugar. Su selección es impecable —sentenciaste a mi espalda—. ¡Te encontré!

Me giré para sonreírte, pero no conseguí disimular mi turbación.

—¿Estás bien? Te veo muy pálida.

—Será por la sorpresa de haber dado con mi novela en un sitio tan lejano y tan bonito —mentí—. ¿Qué tal tu visita?

—Fantástica. Te he comprado un regalo, también tienen una modesta sección de libros en español —me adelantaste tendiéndome un paquete pequeño, cuidadosamente envuelto.

Era *El libro de la almohada*.


Deshicimos el camino en busca del Monkey Cafe y en el trayecto me dijiste que pronto viajarías a Kioto. Te habían invitado a la inauguración de la retrospectiva de un famoso artista plástico español y no podías faltar.

—En otras circunstancias, te habría pedido que vinieras conmigo —imaginaste en voz alta—. Seguro que a César no le habría importado. Él se habría quedado aquí, dando sus clases, y nosotros habríamos cogido el tren de alta velocidad y habríamos llegado en tres horas. Durante el viaje, te habría enseñado las vistas fugaces del monte Fuji desde la ventanilla. ¿Sabías que se ve?

—No tenía ni idea.

—Pues sí, sí que se ve…, y ya en Kioto habríamos visitado Ryōan-ji y el Pabellón de Oro, y también Gion, el barrio de las *geishas*.

—Y por la noche —sugerí alimentando tu fantasía— me habrías invitado a la mejor cena *kaiseki*[3] de toda la ciudad.

—Por supuesto que sí —accediste víctima de una contagiosa melancolía.

—¿Cuándo te irás?

Tu actitud desenvuelta, favorecida por la chaqueta del traje desabrochada y las manos en los bolsillos del pantalón, contrastaba con nuestra conversación, que se estaba adentrando en el terreno de una nostalgia anticipada e imprevista por los ratos que habíamos pasado juntos y también por todo aquello que no nos habíamos dicho.

—No lo sé… —caminábamos sin prisa y sin nadie alrededor. En Daikanyama, la altísima densidad de población de

---

[3] *Kaiseki:* degustación tradicional japonesa que consta de varios platos servidos de forma individual. (N.de la A.)

Tokio parecía un mito—. Intentaré posponer mi marcha todo lo que pueda, quedarme hasta que a ti te permitan volver a casa.

—Para eso ya no falta mucho —te sorprendí—. César no deja que vaya a verle y yo ya he prestado declaración. Además, no buscan a un culpable porque ya tienen uno. La policía, al despedirse, me ha dicho que es posible que la investigación quede cerrada hoy mismo.

Avanzando tú por la calzada desierta, junto al bordillo, y yo por la acera, tardamos apenas diez minutos en dar con el Monkey Cafe, que ocupaba un edificio blanco, oval y chato, con aspecto de nave espacial camuflada entre la civilizada espesura de las urbanizaciones vecinas. Cuando entramos, los dos nos alegramos de que estuviera vacío y ocupamos una mesa de diseño futurista cerca de la entrada, por la que se colaban los sonidos del exterior. De nuevo el uno frente al otro, en un intento por recuperar algo de levedad, te sonreí y exageré mi curiosidad para preguntarte:

—¿Hará usted el favor de decirme cuál es el menú de hoy?

—Hoy, comida rápida —me respondiste tendiéndome una sencilla carta plastificada—. Ha llegado la hora del *bento*.

Me explicaste que la palabra *bento* se utiliza indistintamente para nombrar tanto el continente como el contenido de una de las propuestas gastronómicas más populares de Japón. «El equivalente a nuestros platos combinados pero con mucho más glamur —dijiste—; cuando nos lo sirvan, comprenderás la comparación».

—Estoy ansiosa —exageré mientras nos tomaban nota de la comanda—. ¿Qué tal si, durante la espera, me lees un poquito en voz alta? —sugerí arrastrando por la superficie de la mesa, hasta situarlo frente a ti, *El libro de la almohada*—. Me encanta que me lean. Léeme.

Tú accediste tras un desconcierto fugaz.

—Está bien, pero para eso tendré que ponerme las gafas —anunciaste sacando de un bolsillo interior un elegante estuche de cuero, que escondía unas gafas rectangulares y estrechas con montura de pasta.

—Cerraré los ojos para escucharte.

—Vamos a ver, vamos a ver... —murmuraste para ti, hojeando el libro y alimentando el suspense. Aquí está, allá voy: «Nota número 39. Una de las nodrizas de Su Majestad, que tenía el Quinto Rango, partió hoy para la provincia de Hyūga. Entre los abanicos que le dio la Emperatriz como regalo de despedida, había uno con la pintura de una posada no muy distinta de la residencia del Capitán de Ide. En el reverso había un cuadro de la capital durante una tormenta de lluvia, con alguien contemplando la escena. De su propia mano la Emperatriz había escrito el siguiente poema como si fuera prosa: *Cuando hayas partido y estés ante el sol que brilla tan carmesí en el Este, recuerda a los amigos que dejaste en esta ciudad y que contemplan las incesantes lluvias*». Fin.

Un silencio suave se extendió entre nosotros con tu última palabra. Después, yo abrí los ojos y dije:

—Nunca me olvidaré de ti.

—Más te vale —amenazaste al tiempo que, algo cohibido por el impacto de tu lectura, devolvías las gafas a su estuche.

—Te favorecen.

—Gracias.

—Es curioso que una época como la que habitó Sei Shōnagon albergara el germen de esta. Aquella «capital», da igual dónde estuviese, fue necesaria para que existiera este Tokio, aunque *a priori* no se parecen en nada. Tienes una voz bonita.

—Gracias otra vez.

—Lo digo de verdad.

—El *bento* ya está aquí —anunciaste aliviado al poder escabullirte de mis halagos e indicándome con un gesto de la barbilla que ya reconocí como muy habitual en ti la proximidad del camarero a mi espalda—. Puedes comerlo en el orden que quieras. Y, sobre lo otro, yo creo que sí se parecen un poco el tiempo de Sei Shōnagon y nuestro propio tiempo. Solo hay que saber mirar y casi nadie sabe, por eso en general tenemos un concepto tan equivocado de todas las cosas.

Como algunas de las construcciones con las que me había cruzado, aquella comida, ordenada en una caja rectangular, lacada en rosa y dividida en cinco compartimentos, cuatro iguales y uno en el centro, más pequeño, me pareció de juguete. Ante mí, una ración de arroz, cuatro piezas de tempura, seis lonchas de *sashimi* de salmón y una ensalada verde, decorada con semillas de sésamo.

—El hueco del centro es para la soja y el *wasabi*. Mira, lo tienes que hacer así.

Abriste tu dosis individual de salsa y la volcaste en el compartimento vacío. A continuación, utilizaste los palillos para arañar una pizca de *wasabi* y la mezclaste con la soja. Atenta a la concentración que invertiste en el proceso, decidí no confesarte que estaba harta de ir a restaurantes japoneses en Madrid y elaborar la mezcla. Preferí fingir una comedida fascinación e imitar tus gestos.

—¿Qué tal?

—Está muy bueno.

—Como novelista de género, sobresaliente. Como crítica de cocina, claramente puedes mejorar. Soy incapaz de distinguir en tu valoración ningún matiz.

Recibí la broma con la boca llena de arroz y salmón, una combinación de sabores que siempre me había resultado deliciosa.

—Prométeme que no te marcharás sin despedirte —me pediste de repente—; que, aunque ocurra cuando yo me haya ido a Kioto, al menos me llamarás.

Y yo te respondí:

—Te lo prometo.

# HOTEL ANDAZ, ÚLTIMO DÍA

—«No digas nada y siéntate —me ordenó, y a continuación—: Sé que la mataste tú, pero tranquila, aquí nadie puede oírnos». Este inicio fue lo único que te oculté del encuentro con mi marido en la Embajada. Tenías razón, él estaba convencido de que la culpable era yo, aún debe creerlo.

En la taberna del Andaz habían atenuado las luces y el constante ir y venir de la clientela a nuestro alrededor se había detenido. No quedaba nadie. También la música se había terminado y los camareros revoloteaban alrededor de nuestra mesa, la única que seguía ocupada, recogiendo los restos de las consumiciones ajenas: platos con migas, cuencos de frutos secos, vasos con un dedo de refresco y cubiertos sucios. El tintineo de aquellos elementos al chocar y ser transportados a la cocina se convirtió en la banda sonora de la última parte de mi confesión. Mientras me desahogaba, me sobrecogí al contemplar cómo las siluetas oscuras de los rascacielos y las grúas al otro lado del cristal habían adquirido con la noche un carácter amenazador, de monstruos hambrientos y cautelosos a la espera de la presa, y pensé en *La niebla*, el relato de Stephen King en el que un extraño experimento agrandaba a los insectos y los convertía en depredadores que se movían con sigilo, aprovechando la opacidad de una misteriosa bruma para devorar a los humanos.

Desde nuestra conversación en el Monkey Cafe solo había transcurrido un día.

—¿Y es así, Olivia? ¿Tú mataste a Noriko? —insististe, devolviéndome a la realidad.

—No, no lo es, aunque es verdad que hice algo terrible. Me hubiera gustado explicárselo a César como te lo estoy explicando a ti, hacerle ver que no tenía por qué sacrificarse por mí. No tenía que hacerlo porque yo no soy la responsable del crimen. Pero él no me dio opción. Se limitó a observarme desde su nuevo estatus de hombre que lo había perdido todo y cuya voluntad ya no sería nunca más tenida en cuenta, y cuando habló tuve la sensación de que sentía lástima por mí. «Esto es lo que declararé», anunció, y me relató su versión de los hechos, la misma que compartió con vosotros y que ya hemos repasado tantas veces. Yo no lo interrumpí, permanecí callada hasta que hubo concluido, escuchándole con la misma atención que le dedicaba durante sus clases, décadas atrás, y observando su cambio repentino: su ropa estaba arrugada y su aspecto descuidado no conservaba rastro alguno de la pulcritud maniática que habitualmente se exigía. Tenía los ojos enrojecidos, quizás por haber llorado, quizás por no haber dormido, probablemente por las dos cosas; y su complexión ahora, por fin, era la de un anciano prematuro, la de alguien que se había rendido. Cuando terminó, permaneció alerta durante un instante, a la espera de mi reacción, pero yo, sentada frente a él en el extremo de la larga mesa que ocupaba gran parte del salón al que nos habían conducido, no pronuncié ni una sola palabra.

»—Confírmame que lo has entendido —me pidió recurriendo de pronto a los restos de la habitual condescendencia con la que solía rebajarme—. Me he entrevistado con Hideki Kagawa y he asumido la culpa, respetando mi versión de los hechos he intentado hacerle ver que Noriko jamás lo hubiera abandonado, que era a él a quien amaba.

»—Es un ser repulsivo.

»César agrandó sus ojos redondos, disgustado ante mi comentario, y me corrigió:

»—No. Él solo es una víctima, igual que tú. Está sufriendo y el sufrimiento muy a menudo nos vuelve peores. El sufrimiento es la razón de su rebeldía socialmente reprobable. Es como una lacra —continuó apartando la mirada y reflexionando para sí mismo—, como un estigma invisible que nos consume y nos despoja de nuestro atractivo. Nos vuelve miserables.

»—¿Así es como me ves?

»Creo que dudó si contestarme o no, pero al final no pudo contenerse. Dijo:

»—Hace mucho tiempo que cada vez que te imagino te veo arrastrándote por el suelo, delante de mí, y ya no puedo soportarlo.

»—Lo siento.

»—También estoy harto de que me pidas perdón —sentenció cubriéndose el rostro en un intento por recuperar la compostura y cambiando el tono—. Pronto te dejarán regresar a Madrid. No tendrás que hacer nada. Aprenderás a seguir sin mí.

»—Yo no la maté, ya te lo he dicho.

»—¿Y cómo es posible que llevara el anillo, si no fuiste tú? —me preguntó con desespero, al tiempo que descargaba un puñetazo seco sobre la mesa.

»—Puedo explicártelo todo —insistí.

»En este punto todavía estaba dispuesta a luchar por que siguiera infligiéndome dolor. Si me lo hubiera pedido, me hubiera acercado hasta él y me hubiera arrodillado para apoyar la cabeza en su regazo y lamerle los huevos, dócil como un corderito, pero entonces dijo: "No pienses ni por un segundo que esto lo hago por ti, lo hago porque sé que no podré vivir sin ella".


—¿Crees en el mal querer? ¿Es posible que, durante más de veinte años, César y yo fuéramos víctimas de un hechizo? La magia nos exculparía; sustituta de nuestra voluntad, liberaría a César de la responsabilidad adquirida en su papel de verdugo y justificaría mi voluntaria ignorancia, la sumisión bovina con la que me conduje en privado, durante la mayor parte de mi vida como mujer adulta. El sufrimiento fue nuestra heroína y, en tanto que adictivo, nos convirtió en enfermos, no en actores responsables de nuestra tragedia. Eso es lo que me resisto a aceptar, que tuvimos que ver en nuestra transformación. —Hice un alto en mi errático discurso y te sonreí—. La culpa fue del placer.

—Olivia, no sé a dónde quieres llegar.

—Quiero llegar a contarte el primer día desde el último, ¿o no es eso lo que me has pedido?

—Eso es, sí.

—Quise contárselo también a César, aquella mañana en la Embajada, la última vez que nos vimos, pero me restregó por la cara su incapacidad para superar la muerte de Noriko, identificó su pérdida como el motivo principal de su rendición, y eso despertó en mí una rabia que me hizo callar. Era caliente y fluida como la lava, y la reconocí porque ya me había asaltado antes, dos días antes, para ser más exactos, la tarde en que seguí a mi marido hasta Hamarikyu y fui testigo del asesinato de Noriko Aya a manos de Hideki Kagawa.

# EL PRIMER DÍA CONTADO DESDE EL ÚLTIMO

—También podría culpar a la casualidad, que asignó dos taxis a esta historia y no uno, como debería haber sido, o a la templanza de César, que aquella mañana en que nos registramos en el Grand Arc no se enfrentó a mí cuando dedujo que le había robado el anillo que iba a regalarle a ella.

»No sé por qué me comporté de forma tan pueril pero, recurriendo de nuevo a las habilidades aprendidas gracias a Lolita, mientras César se duchaba, cuando terminé de deshacer el equipaje me acerqué a su cartera de cuero, sustraje de la bolsita de Suárez el estuche que contenía la joya y lo escondí.

»Supongo que quería llamar su atención, provocar su ira, alimentar el comienzo de una discusión que lo obligara a quedarse junto a mí, sin embargo no sucedió nada de esto. Eran tantas las ganas que tenía de reunirse con Noriko y tanto el hastío que nuestra relación le producía, que, al no encontrar el anillo, fingió no albergar ninguna sospecha y me dejó sola sin mencionar el tema. Lo que no nombramos no existe, y a César no le importó guardar silencio con tal de abandonarme sin remordimientos durante mis primeras horas en Tokio.

»Pegó un portazo al salir y con la estela de aquel sonido incómodo apareciste tú en la pantalla de mi móvil, dándome la bienvenida a través de Instagram a una ciudad que te ofrecías a mostrarme. Leí tu mensaje con el humor disperso y agresivo de un animal enjaulado, y, antes de responderte, me acerqué a la pared de cristal para contemplar el exterior: allí estaba César, frente a la entrada del hotel, empequeñecido por la perspectiva de los nueve pisos de altura y muy inquieto. Esperaba algo. Su gestualidad, que yo conocía tan bien, lo delataba. Me entretuve en observarlo pero, inmediatamente, sentí una punzada de rencor ante la idea de que él, ajeno por completo a mi vigilancia, no estaba pensando en mí. Aparté la vista y te contesté desde la cama que estaría encantada de que nos conociéramos al día siguiente.

»En cuanto te hube enviado el mensaje de vuelta, regresé junto al cristal y miré de nuevo al exterior, pero César había desaparecido.

»De repente sonó el teléfono de la habitación. Uno, dos…, al tercer tono lo cogí. Al otro lado de la línea, alguien me habló en un inglés tan pésimo que lo entendí sin ningún problema. Llamaban de recepción para informar al señor Andrade de que su taxi a Hamarikyu había llegado.

—Pero has dicho que César ya se había ido…

—Al principio a mí también me desconcertó, luego comprendí que César, impaciente, había preferido no esperar más el taxi que había pedido en el hotel y, sin indicar que lo cancelaran o convencido de que se habían olvidado de llamarlo, había buscado otro por su cuenta.

—O sea —dedujiste—, que así fue como lo seguiste hasta los jardines.

—Exacto. Así fue como lo seguí.


—La falta de premeditación con la que se sucedieron los acontecimientos jugó a mi favor.

»—Muchas gracias por el aviso, bajará enseguida —me escuché decir.

»Todavía llevaba puesta la indumentaria del vuelo, un conjunto de pantalón suelto y chaqueta celeste, de algodón; zapatillas de deporte; la melena recogida en una coleta floja y mal hecha, que cubrí con la gorra negra de New Balance que me había servido para protegerme de la luz del avión durante el vuelo y conciliar el sueño. Me abrigué con el cortavientos que había incluido en el equipaje, por si algún día se me ocurría la peregrina idea de salir a correr, y metí el estuche con el anillo en el bolso, donde también guardaba una considerable cantidad de dinero en efectivo —ya sabes que aquí se resisten a menudo al pago con tarjeta—. Ni el teléfono móvil, ni la llave electrónica de la habitación. Los dos se quedaron en la mesilla, víctimas de un olvido involuntario, producto de mis prisas, lo prometo. ¿Por qué iba a querer yo borrar el rastro de aquel desplazamiento?

»No pretendía hacerles ningún daño, solo sorprenderlos y montarles una escena, aunque no fui capaz ni siquiera de eso.

»En el espejo del ascensor, de camino al vestíbulo, comprobé que tenía un aspecto bastante andrógino, al que, además de la indumentaria, contribuía mi delgadez y mi escaso busto, casi infantil. El atolondramiento me había teñido de rojo las mejillas. Cuando terminó el descenso y la puerta de doble hoja se abrió al *hall*, no me detuve en el mostrador de la entrada, porque temía que conocieran a César por sus estancias anteriores y no les cuadrara que el taxi fuera para mí. No tenía tiempo para demorarme en explicaciones formuladas en un idioma que no era el mío.

»Salí por el acceso principal y, sin enfrentar la mirada de ninguno de los conductores y porteros uniformados que custodiaban la puerta, me limite a pronunciar: "Hamarikyu"; y uno de aquellos hombres, se diría que activado por una orden informática, abandonó su estatismo y me señaló el coche correcto.


—Recordaré siempre Tokio por las imágenes de los trayectos, que percibimos como preámbulos e infectamos de las expectativas depositadas en el destino al que nos dirigimos. A menudo, poseído nuestro discurso mental por lo que nos espera al final del camino, miramos sin mirar y desprotegemos a nuestras retinas de la conciencia, permitiendo que el paisaje asalte nuestra percepción con la fiereza del enemigo y nos ocupe.

»Cuando llegué a Hamarikyu, el brillo amargo de Tokio ya estaba dentro de mí, aunque yo no lo supiera.

»Pagué la entrada al parque y, ante la extensión diáfana que precedía a la espesura, temí que César me descubriera, pero no lo hizo. Supongo que a las espías primerizas se les concede un poco de suerte. Fui yo la que los encontró. Apenas tuve que deambular unos minutos entre familias y parejas, eligiendo, uno tras otro, los desvíos que anunciaban los rincones del jardín menos transitados, para atisbar un claro circular al que me aproximé ya con sigilo, puesto que reconocí la voz de mi marido de inmediato, a unos pocos metros de mí. Le estaba hablando a Noriko en inglés.

—Eso no lo entiendo —comentaste priorizando sobre toda emoción tu capacidad analítica—. ¿Por qué utilizaban el inglés si el padre de Noriko es español y ella ha visitado nuestro país con frecuencia?

—Ya lo pensé cuando me enseñaron los wasaps que habían intercambiado antes del crimen y solo se me ocurre una respuesta: que quisieran para ellos una lengua en la que no hubieran amado nunca, utilizarla como si fuera nueva. Es la clase de elección que a César se le podría ocurrir.

—Un poco cogido por los pelos, me parece a mí.

Me encogí de hombros.

—Prefiero creer eso a que fue una decisión de mi marido para evitar que entendiera sus mensajes en caso de que diera con ellos. Estaba convencido de que mi inglés es mucho más pésimo de lo que en realidad es.

—Tal vez… Me cuadra más esto último —conviniste pensativo—, aunque sospecho que nunca sabremos cuál es la opción correcta. —Y aquí esbozaste una sonrisa melancólica—. Los amantes siempre guardan secretos. Continúa. Habías llegado al parque y habías dado con ellos.

—Así es. Me oculté detrás de un árbol junto al que alguien había olvidado un kit de herramientas de jardinería, de las que, por mucho que me empeñe, ahora solo consigo recordar los guantes y el hacha, y los vi quererse, demostrarse un afecto mutuo cargado de ternura, como César a mí no me había demostrado nunca. Tuve que taparme la boca para contener los sonidos guturales de mi llanto —añadí repitiendo mecánicamente el gesto frente a ti.

—¿Y no los sorprendiste?

—No… —te respondí con el matiz de euforia que hubiera utilizado para responderme a mí misma al dar con la solución de un enigma en apariencia irresoluble—. No tuve valor. Asistí a su abrazo mientras una duda me torturaba sin tregua: ¿de qué había privado yo a César al impedir que se apartara de mí?

—Pero él te había hecho mucho daño —argumentaste perplejo y sin lograr que yo me desviara del relato.

—Noriko era bellísima —continué, presa de mis recuerdos—. Vestía de negro y acariciaba el rostro de César con sus manos suaves y pálidas. Parecía un fantasma, un espíritu bueno surgido de la arboleda para aplacar el pesar de mi marido, la congoja crónica de su alma provocada por nuestra unión, que era una condena.

—Entonces él también nos mintió en eso. Ella no lo rechazó ni puso fin al romance.

—Por supuesto que no. Ignoro qué habría ocurrido si Noriko siguiera con vida, si César se habría sincerado conmigo o no, pero tengo claro que, de una forma u otra, habría continuado con ella.

—¿Y qué es lo que pasó?

Respiré hondo y se me escapó una lágrima.

—Esto sí que es el final… —murmuré secándome la mejilla con los dedos—. ¿Me creerás?

—Cuando termines, te lo diré.


—La luz empezó a desvanecerse y una brisa fría y plástica se deslizó por las hojas de los árboles. La gente abandonaba el parque, podía intuirlo desde mi escondite, los pájaros ya no cantaban y, en una lengua ininteligible, se escuchaban cada vez más lejos las voces alegres de los niños. Caía la noche y César y Noriko se dieron un apasionado beso de despedida. Después, cada uno se alejó en una dirección. Mi impulso inicial fue seguir a César, pero finalmente seguí a Noriko. No me preguntes con qué intención. Te mentiría si afirmara que quería enfrentarme a ella. Creo que solo pretendía observarla un poco más, alimentar mi envidia creciente, poseer al menos ese secreto, el de asistir invisible a aquel íntimo fragmento de su vida.

»Avanzaba con rapidez. Me costaba mantener su ritmo. Si cierro los ojos, me parece estar escuchando sus pisadas firmes sobre la hierba húmeda. Parecía tener prisa, imagino que quería salir de allí cuanto antes, evitar que la reconocieran, pero de pronto se detuvo.

—Se dio cuenta de que la seguías.

—Eso pensé yo. Sacó su móvil e, imbuida de un nerviosismo evidente, levantando a menudo la vista de la pantalla para mirar a su alrededor, lo utilizó.

—El mensaje que le envió a César.

—«Tengo miedo. Creo que me están siguiendo», una llamada de auxilio que César no debió ver hasta que su teléfono volvió a conectarse a la red ya en el hotel, cuando era demasiado tarde para hacer nada, porque todo sucedió muy rápido.

»Convencida de ser la causante de las suspicacias de Noriko, respiré hondo y me preparé para dar la cara, sin embargo alguien se me adelantó. Me disponía a abandonar mi refugio cuando una figura masculina surgió de entre los árboles. Era Hideki Kagawa que, como yo, debía haber asistido a la traición de nuestras parejas y estaba fuera de sí. Noriko ahogó un grito y, mientras él se dirigía a ella con violencia, empezó a deshacer el camino, probablemente con la esperanza de alcanzar a César, de hacerse oír por él, aunque no tuvo éxito.

»Hideki la atrapó por los hombros en el pequeño claro donde, apenas diez minutos antes, César y ella se habían despedido. Forcejearon, mantuvieron una abrupta conversación fácil de deducir, en la que Noriko, a pesar del miedo, no dejó de expresar físicamente su desprecio; una conversación a la que yo asistí desde las sombras, paralizada, superada por una agresividad que iba en aumento. Por segunda vez, me dije que había llegado la hora de descubrirme y acudir en su ayuda, pero en esta ocasión tampoco tuve tiempo, porque entonces Hideki, que debía haber bebido o consumido alguna droga, puesto que se conducía con una peligrosa torpeza, la empujó y Noriko cayó mal. Se golpeó contra la caja metálica de herramientas que el jardinero había dejado olvidada muy cerca del árbol que al principio me había servido de escondite...

»Y se murió.

»Fue un momento fugaz, al que le sucedió el silencio, porque Hideki no lloró. Ni siquiera intentó reanimarla. Solo se dobló en un gesto mudo de terror, pero no emitió sonido

194

alguno. Ni siquiera comprobó si todavía respiraba y, superada la contracción física de su cuerpo, salió huyendo, sin más, como si una evidencia natural sobre la muerte se impusiera a toda duda.

—Pero tuvo que volver para cortarle las manos.

—Él no le cortó las manos. Las manos se las corté yo.


—Tú lo dijiste: el mango del hacha era azul.

»No sé cuanto tardé en acercarme al cuerpo, pero conseguí hacerlo. Me obligué a llegar hasta él como si fuera una niña con una rabieta, a la que arrastraran de la mano por la calle mientras el resto de los viandantes contemplan la escena con disgusto. No quería ver a Noriko muerta. Recuerdo que estaba temblando cuando llegué hasta ella, pero no tenía frío. Un millón de intenciones fluían desordenadas en mi cabeza: pensé en pedir ayuda a gritos; en huir y fingir que nunca había estado allí; pensé en regresar al hotel y contarle a César la verdad. Él sabría qué hacer, aunque nunca me perdonaría que no hubiera reaccionado de otra manera. Traté de controlar mi respiración y me arrodillé junto al cadáver. Su expresión era de desconcierto. Sin tocarla, a escasos milímetros de la piel, le acaricié los labios y noté cómo se calmaba mi pulso. Qué preciosa era y cuánto la odiaba.

»El tiempo se había detenido.

»Y yo le debía algo a aquella mujer.

»Rebusqué en mi bolso hasta que di con el estuche del anillo. Lo abrí, lo cogí sobreponiéndome a mis temblores y se lo puse a Noriko en el anular de su mano izquierda. Ella ya no podía rebelarse pero, como continuaba con los ojos abiertos, por un instante sentí que se daba cuenta de mi presencia y de que la tenía a mi merced, completamente sometida a mi voluntad. Fue esa idea la que condensó en mi interior, con la dureza de una bola de cemento, las grandes dosis de obediencia que, durante años, yo había aceptado digerir. Y de pronto lo supe: no permitiría que nadie más volviera a darme órdenes.

»Para Noriko, la medida del anillo era perfecta.

»Incluso en la oscuridad, ya casi completa, los rubíes brillaban. Su fuerza nuclear parecía emitir un mensaje secreto, una silenciosa elegía que me provocó náuseas. A duras penas, logré contener el vómito y, con la llegada de la angustia, se esfumó todo rastro por mi parte de comportamiento racional. La rabia, de la que ya te he hablado, se apoderó de mí como la lava de un volcán, calcinándolo todo a su paso.

»Entonces quise tenerlas, quise llevarme sus manos..., ja... —me carcajeé atónita por la barbaridad que acababa de verbalizar—. No sé qué decir, no sé por qué lo hice... ¿Qué explicación hay para algo así?

»Los guantes y el hacha estaban muy cerca de donde Noriko había caído. Me bastó con inclinarme un poco para cogerlos y, en un estado de absoluta locura, empezar a cortar. Mentiría si no te dijera que me resultó sencillo y placentero. La excitación que me recorrió por dentro durante el proceso entroncaba directamente con la que cada una de las humillaciones de César me había producido, porque yo era su bestia celosa, un animal impredecible ante la amenaza de abandono por parte de su dueño. Mi forma de amar, germinal, no se había desarrollado nunca, no había crecido conmigo..., o tal vez, aunque sí lo hubiera hecho, había sido embrutecida después, deformada por años y años de una continuada tortura psíquica, que había domado mi afecto hasta rebajarlo en sus modos y comportamientos a los de un animal.

»Igual que recuerdo el sonido de las pisadas de Noriko en la hierba, cuando aún creía que volvería impunemente a su casa, recuerdo el sonido sordo y sesgado de los hachazos, uno tras otro, separados por intervalos idénticos, cortando la piel y el hueso, y salpicándome de sangre el cortavientos, que luego me sirvió para deshacerme de las herramientas. Con cada uno de aquellos tajos, mis pulmones se fueron colmando de un bienvenido alivio y, cuando terminé de desahogarme, Noriko parecía una muñeca de porcelana rota.

»Me quité el cortavientos y lo utilicé para envolver con él el hacha, los guantes y algunas piedras que sirvieron de lastre. Luego lo tiré al río desde el mismo mirador al que me condujiste un par de días después.

—¿Y que pasó con las manos? —preguntaste con incredulidad.

—Conservaba la bolsa del aeropuerto en la que César me había entregado los *Siete cuentos japoneses*, el libro que me regaló. Era de papel de estraza y allí las metí. Con ellas en mi poder, salí del parque y cogí un taxi que me devolvió al hotel. Le pedí al conductor que parara en cuanto reconocí el entorno y caminé por Chiyoda recuperando la cordura, despertándome de aquella pesadilla, que cristalizaba en las manos inertes de Noriko, ocultas en mi bolso. En cuanto me tranquilicé un poco, comprendí que no podía quedarme con ellas y con aprensión tiré la bolsa en uno de aquellos huecos mugrientos entre los edificios que luego vosotros definisteis como «espacios antisísmicos».

»César me estaba esperando en el vestíbulo del Grand Arc. Le dije que había salido a dar un paseo y había perdido la noción del tiempo. Le pedí disculpas y nos fuimos directamente, sin subir a asearnos, en busca de una *izakaya* cercana, donde picar algo de cena.

»Cuando volvimos, él abrió con su tarjeta la puerta de nuestra habitación, así que no supo que yo no llevaba la mía encima.

»No tuve que explicarle nada.

—Me cuesta asimilarlo, aceptar que fueras capaz. ¿Cómo pudiste culminar semejante carnicería?

—No lo sé. Al revivirlo, a mí también me cuesta aceptar que fui yo la que estuvo en el parque. Es más, no «siento» los recuerdos como propios, no me han producido un impacto mayor que las imágenes de una película vista por segunda vez. La conciencia se protege, supongo. Es posible que necesite ayuda.

—Y tanto que la necesitas…

—¿Qué vas a hacer ahora que ya lo sabes todo?

Integrante único de un jurado que no podía emitir un veredicto sin una deliberación previa, guardaste, reflexivo, unos segundos de silencio antes de pronunciarte.

—Escríbelo —me ordenaste con decisión.

—¿Quieres que redacte una confesión?

—No, quiero que escribas una novela. Dime que lo harás y te dejaré marchar —aclaraste con una frialdad impropia de ti—. No se me ocurre mejor soporte que una mentira para contar la verdad, y más una verdad como esta, que requiere casi un salto de fe para ser creída.

—¿Entonces no harás nada?

—Prométeme que la escribirás y dejaré las cosas como están —confirmaste mientras, impertérrito, te ponías en pie, animándome a mí a hacer lo mismo—. Mañana viajaré a Kioto, a la inauguración de esa exposición infernal, y tú volarás a Madrid. Tenemos que irnos ya. Van a cerrar.

Durante la espera del ascensor, te refugiaste en una aplicación de tu móvil, desde la que solicitaste que dos coches vinieran a buscarnos. Luego descendimos las cincuenta y dos plantas que nos separaban del asfalto de Ginza sin intercambiar ni una palabra, pero en la calle volviste a hablar:

—No te he contado por qué empecé a leer a Lolita Richmond.

—¿Crees que merezco saberlo?

—Sí —afirmaste con la timidez propia de un niño.

—Eso es buena señal.

—Mi mujer leía a Lolita, pero yo no lo sabía. Digamos que no le prestaba demasiada atención —explicaste desviando la mirada hacia la avenida por la que, de un momento a otro, aparecerían nuestros Uber—, pero aquí éramos felices.

—¿Y qué ocurrió?

—Ya te lo dije: el año pasado tuvimos un accidente. Lo que no te conté es que conducía yo. Cuando me desperté, conectado a un montón de máquinas, habían transcurrido varios días desde el choque, los había pasado inconsciente, y ella ya no estaba. No pudimos despedirnos. Entre los objetos personales que llevaba en el coche y resultaron intactos había una novela de Lolita Richmond. Empecé a leerla en el hospital.

Te sonreí con cariño:

—Lo siento muchísimo.

Tú te encogiste de hombros para compensar la tristeza de tu expresión.

—Desde entonces convivo con la culpa, pero acabas acostumbrándote, aunque no estoy muy seguro de que sea algo así lo que te espera.

—Porque no me has creído ni una palabra —te reproché.

—Es una gran historia, como todas las que escribes, pero no hay ninguna prueba. Tal vez cuando la conviertas en ficción distinga si es auténtica. Lo que sí tengo claro es que estarás mejor sin César.

—Y también tienes claro que te quieres ir. Tu actitud ha cambiado. Me dejas libre, pero de mí ya no quieres saber nada —me atreví a aventurar.

Dos vehículos de alta gama se acercaban a nosotros a una velocidad acorde con la tranquilidad de la noche de otoño y, ante mi comentario, algo prendió dentro de ti cuando dijiste:

—Eso no es verdad.

# TRES AÑOS DESPUÉS

No volvimos a vernos. Al principio intercambiamos algunos mensajes banales. Luego, con el paso del tiempo y la dificultad de la distancia, todo terminó. No sé quién dejó de responder a quién. Tampoco importa. Un día, al curiosear entre mis contactos, descubrí que la imagen de perfil de tu teléfono japonés, el pequeño *Hombre que mira a la luna*, de Liss Eriksson, había cambiado, y supe que ya no eras tú el titular de aquel número.

También con el tiempo la tragedia quedó olvidada y dejaron de preguntarme por César en las entrevistas. El divorcio fue fácil, porque él no puso ninguna traba desde la prisión de Tokio en la que cumple condena.

No lo he olvidado.

Tampoco a Hideki Kagawa.

Me divierte pensar que ninguno de los dos está al tanto de lo que realmente sucedió; eso, querido Gonzalo, que solo conocemos tú y yo, y que propició el inicio de nuestro distanciamiento, porque hizo que tuvieras miedo de mí.

*Por los pelos*, la última entrega de las aventuras de Lolita Richmond que, azuzada por mi agente y mi editorial, escribí en un tiempo récord, se publicó meses después de mi regreso a Madrid y fue todo un éxito, un *best seller* que me catapultó a la fama definitiva y del que te envié un ejemplar. Aún conservo la fotografía del libro contra el plano de metro de Tokio que me mandaste para confirmar que lo habías recibido.

Después empecé a escribir *Las manos tan pequeñas* y en cada línea del texto te eché de menos y me repetí que, de habernos conocido en otras circunstancias, tú habrías podido enseñarme a querer de otra manera.

Pero no ocurrió así.

También me resisto a eliminar de la galería de mi móvil las reproducciones de arte Shunga que compartiste conmigo al poco de despedirnos en el Andaz. *Shunga* significa «imágenes de primavera», un género de estampas japonés muy popular entre los siglos XVII y XIX, que tiene como tema central el sexo explícito y a menudo refleja al hombre relajado, recibiendo o proporcionando placer a la mujer. Los colores de las ilustraciones son suaves y los espacios, tradicionales, como el vestuario. Los kimonos de quienes protagonizan las escenas suelen estar abiertos y muestran la blancura de los cuerpos y sus partes más eróticas. Siempre me excito cuando las miro, porque recuerdo tu voz. Son pequeños mensajes encriptados. Encierran la parte invisible de nuestra historia, aquella que preferimos imaginar a vivir, temerosos de que a los dos nos fallaran las fuerzas. ¿O no fue así?

No, puede que no lo fuera.

La duda se ha instalado en cada palabra de mi relato, este que ahora te entrego como si fuera una carta, cumpliendo con retraso mi promesa, para que hagas lo que quieras con él.

Rastreando en Internet los directorios de las embajadas españolas, he dado con tu nombre entre los miembros del equipo diplomático destinado a un conflictivo país de África y me dispongo a enviarte allí, en cuanto termine mi confusa despedida, *Las manos tan pequeñas*.

Tú eliges si quedártela solo para ti o mostrársela al mundo. No me asusta que mi versión de los hechos se haga pública. Sé que nadie la creerá porque, como todo lo que transformamos en literatura —y esta es mi última reflexión sobre el poder de una buena novela—, se ha convertido en una serpiente venenosa, magistralmente disecada en un museo: los hechos conservan y transmiten a quien se asoma a contemplarlos toda su belleza, las emociones buenas y malas que se despertaron en su transcurso, pero son inocuos; hemos anulado su efecto real al convertirlos en ficción, lo que de nuevo nos deja solos y aislados a ti y a mí, como guardianes únicos de un secreto.

Ayer soñé otra vez que me estabas esperando en mi lugar seguro, la pequeña cala de piedras donde me gustaba esconderme en los últimos veranos de mi niñez, y me alegré de verte. Hacía mucho que no venías. Nunca hablo en mis sueños y tú tampoco dijiste nada, pero quiero creer que los dos pensamos lo mismo mientras mirábamos el mar y empezaba a oscurecer, pensamos que es aquí, en estas páginas que cuentan la verdad, donde permaneceremos.

Empecé a escribir esta novela en el cuaderno Parione que me regalaron Christopher, Alessandra y Raquel en el verano de 2018. En octubre de ese mismo año, mi amigo Sergio, antes llamado Vitu, y yo viajamos a Japón y, de los inolvidables días que pasamos en Tokio y algunas cosas que ocurrieron después, surgió esta historia de ficción en la que cualquier parecido con la realidad, como siempre ocurre en estos casos, debe ser considerado pura coincidencia.

Printed in the USA
CPSIA information can be obtained
at www.ICGtesting.com
JSHW020902200424
61568JS00001B/6